因為不是真正的夥伴而被逐出勇者隊伍，流落到邊境展開慢活人生3
Banished from the brave man's group, I decided to lead a slow life in the back country.3
ざっぽん
插畫／やすも
U0074977
Kadokawa Fantastic Novels

「歡迎來到我的小池塘。
雷德先生，還有莉特小姐，真高興見到你們。」
溫蒂妮

「雷德！」
雷德
【吉迪恩・萊格納索】
莉特
【莉茲蕾特・渥夫・洛嘉維亞】

CONTENTS

「好，那就吃牛肉火鍋吧。
蔬菜就選洋蔥、白菜、蕪菁
和韭蔥好了。」

「哇！還有這麼多配菜呀，
真是豐盛呢！」

ざっぽん
插畫／やすも
因為不是真正的夥伴
而被逐出勇者隊伍，
流落到邊境展開慢活人生3
Banished from the brave man's group, I decided to lead a slow life in the back country.
Kadokawa Fantastic Novels

CHARACTER

雷德
（吉迪恩・萊格納索）

因為被踢出勇者隊伍而決定到邊境展開慢活人生。曾立下許多戰功，是除了勇者以外最強的人族劍士。

莉特
（莉茲蕾特・渥夫・洛嘉維亞）

洛嘉維亞公國的公主，過去曾與雷德等人共同冒險。出於種種因素，擅自跑來雷德的店和他一起生活。原本是傲嬌，但傲期已經過了。

畢伊・渥夫・茂德斯塔
（錫桑丹）

自稱國家被魔王軍消滅的貴族青年。取代亞爾貝成為B級冒險者，但真實身分是過去曾和雷德等人一戰的魔王軍將領錫桑丹。

露緹・萊格納索

雷德的妹妹，體內寄宿著人類最強加護的「勇者」。以前很黏哥哥，總像跟屁蟲跟著哥哥到處跑，雷德也很寵愛露緹這個可愛的妹妹。

艾瑞斯・史洛亞

擁有「賢者」的加護，是人類最頂尖的魔法師。把雷德踢出隊伍的始作俑者。為了振興沒落的公爵家，成為勇者的夥伴。

媞瑟・迦蘭德

擁有「刺客」加護的少女，是艾瑞斯帶來取代雷德的隊友。雖然面無表情，但其實是全隊最有常識的正常人。養了一隻名叫憂憂先生的小蜘蛛。

蒂奧德萊・狄費洛

擁有「十字軍」的加護，是人類最頂尖的法術師，同時也是聖堂騎士流槍術的代理師範。個性克己禁慾，擁有武人氣質。對雷德的能力給予高度評價。

達南・拉博

擁有「武鬥家」加護的壯碩肌肉男。過去曾是道場主人，但所待的城鎮遭到魔王軍消滅。不過，其豪爽的個性讓人察覺不到這段昔日陰霾。

亞爾貝・利蘭德

邊境最強的冒險者。擁有「冠軍」的加護，是個力圖上進的人。雖然在邊境屬於最強階級，但過去因在中央得不到認可才流落至邊境。

序章

尚未成為「勇者」的少女與綠丘

萬里無雲的藍天，徐風輕拂的綠丘。

身上既沒有佩劍也沒有鎧甲，只是一介鄉村少女的露緹喚了我一聲。繫著白絲帶的帽子戴在藍色的秀髮上，與她非常相襯。

「哥哥。」

她拿著一個竹籃，裡面放著麵包、起司以及一些培根，然後還有羊奶。

「差不多該吃午餐了吧？」

「嗯。」

坐在我身旁的露緹笑了笑。

「我好開心，沒想到一整個星期都能跟哥哥在一起。」

阿瓦隆尼亞王國與南方的維羅尼亞王國處於緊張的局勢，我在兩國邊境執行完長達半年的任務後獲得短暫的假期，回到了露緹身邊。

像這樣和妹妹一起度過平和的時光，讓我感到相當愜意。騎士這個職業多的是苦差事，而我之所以能夠堅持至今，也是為了保護在我面前展露笑靨的妹妹。

（但也不可能永遠這樣下去就是了。）

我的加護「引導者」的初期技能是初級等級＋30。除了一開始就很強之外，沒有任何可取之處。

我一定會在露緹展開旅程時保護好她，不管對手是獸人還是龍……

然而，遲早有一天會迎來極限吧。

到那時候……

露緹緊緊握住我的手。

那雙紅眸凝視著嚇了一跳的我。

「怎麼啦？」

「哥哥之前說過，這樣做就不會再感到不安了。」

看來我的想法都表現在臉上了。

好不容易有一段和露緹相處的安穩時光，現在就放下這份擔憂吧。

「謝謝，我打起精神了。」

「嗯，那我也很開心。」

我輕撫露緹的頭髮，而她則瞇起眼睛接受我的撫摸，寧靜的時光在我們之間緩緩流

序章
尚未成為「勇者」的少女與綠丘

逝。忽然間……我的腦海浮現一個念頭。
如果我再努力一點，露緹是不是就不用以「勇者」的身分去戰鬥了？
那不就可以一直像現在這樣，和露緹過著安穩的生活嗎？
這是癡心妄想。畢竟「勇者」不可能毫無作為地度過一生。
但是，我希望自己能夠和可愛的妹妹永遠過著平靜的日子。
然後，我的癡心妄想當然沒有實現。
這一天，憤怒魔王泰拉克遜下令，魔王軍的大型軍艦接二連三地從暗黑大陸湧向阿瓦隆大陸西部。
魔王軍派來宣布開戰的使者，隔日就發動總攻擊。
開戰三天，沿海地區的都市盡數投降，阿瓦隆大陸的國王們接獲開戰消息時，魔王軍早已成功登陸。
後來約莫兩年內，魔王軍便占領了阿瓦隆大陸的半數土地，「勇者」露緹和我從小長大的村莊也遭殃，於是我們挺身對抗魔王軍。
然而，當「勇者」露緹打下漂亮勝仗，解救故鄉脫離危險之際，那片綠丘已經被燒成荒野，從這個世界上消失了。

第一章 平穩的生活（慢生活）

佐爾丹議會場的一室。

冒險者公會的幹部與特涅德市長齊聚在這裡。

最後一頭逃走的追蹤惡魔終於也遭到擊斃，轟動整個佐爾丹的惡魔加護事件這下可算是落幕了。

擊斃惡魔的是畢伊，由於他尚未加入冒險者公會，目前還是來歷不明的神祕劍士。今天的議題正與他有關。

「首先，根據本人的陳述，他是一名周遊各地的貴族。但他在家中是四男，並沒有家族的繼承權。」

「茂德斯塔家？是弗蘭伯格王國的貴族嗎？可是那個國家不是在對抗魔王軍中滅亡了嗎？」

「即使國家滅亡，也不代表貴族門第會就此消失吧？茂德斯塔家的正室夫人是維羅尼亞王國的貴族千金，他們現在似乎寄居在那邊的領地。」

「原來如此。順道問一下，這個消息的來源是？」

「聽畢伊本人說的。」

「這可信度有多少啊？」

「不過，這些背景根本無所謂吧？說得極端一點，就算畢伊是從哪裡逃亡過來的殺人犯也不是什麼問題。」

特涅德如此表示。

冒險者公會的幹部中有人皺起眉頭，但沒有人反駁。

「破例認可畢伊為C級冒險者，讓他組成隊伍，討伐破壞南邊漁場的劍鯊之後就認可他的冒險者隊伍為B級，屆時整個佐爾丹都會成為他的後盾。諸位沒有異議吧？」

雖然他們探聽過莉特的復出意願，但她終究沒有同意，毫無交涉的餘地。

儘管如此，總不能把年邁的前市長「大魔導士」米絲托慕大師請回來當冒險者，而衛兵隊長摩恩也忙著為惡魔加護的問題收拾善後。

因此，只能讓畢伊取代亞爾貝成為B級冒險者。

預計在特涅德之後繼任市長的冒險者公會幹部葛朗是個不太可靠的人，所以特涅德決心要在任期內鞏固佐爾丹的基礎。米絲托慕大師是優秀的魔法師，但作為市長的能力連平庸都稱不上。

市長親自出馬擺平事端是下下策。若總是如此，米絲托慕大師引退後又該如何？特涅德認為，市長的職責是建立一套完整的體系，即使自己不在也能夠圓滿地解決問題。

「那就按原定計畫執行？」

「嗯，對付區區劍鯊絕無失敗的可能，等他回來便儘快將他升上B級。這次為事件的犧牲者舉行追悼儀式的同時，我也打算向市民公布新英雄的誕生。」

到頭來，這場會議只不過是要確認一開始就已經定下來的計畫罷了。

如果B級冒險者畢伊打算一直留在佐爾丹，或許有朝一日會登上市長的大位。

他是今後要帶領佐爾丹的青年英雄。

* * *

佐爾丹周邊是一片遼闊的草原。

在這個季節，北區的農民為了籌措冬季的家畜飼料，會走出佐爾丹那只有兩公尺左右高的城牆——應該說是石砌牆，來到外面的草原割草。而平民區幾個想要飼料的居民也會跟著來。

D級以下的冒險者會以打工的身分幫忙。雖然頻率不高，但魔物若是出現就需要有人驅除，所以大家對於打工的冒險者是來者不拒。

這份工作的報酬很少，不過可以從農民那裡分到蔬菜和麵粉等食材，貧窮的冒險者及兼職冒險者都很喜歡接這樣的工作。

儘管採集藥草更有賺頭，但做這個工作時周遭有同伴在，即使受重傷也能立刻送回城裡。

幾乎不用賭上性命就能完成工作是很重要的一點。收割起來的草會堆放在北區倉庫內晾乾，到冬天再以適當的價格出售。

「冬天差不多要來了啊。」

天空一片晴朗，氣溫略帶寒意。

我在平常穿的襯衫上套上一件大衣。

我正走在回店裡的路上，左手插在口袋裡，右手抱著一個包袱，裡面裝的是用藥跟農戶換來的大量馬鈴薯和起司，還有他們額外送的栗子。

「和洛嘉維亞比起來，現在還算暖和了啦。」

莉特嘴上這麼說，卻將手插進我大衣的口袋裡。

她緊握住我的左手，想藉此溫暖自己有些冰涼的手。

「妳不是說還很暖和嗎？」

「畢竟冬天就是冬天嘛。」

或許是有點害羞，莉特稍微拉起脖子上的方巾遮住嘴巴。

我用力回握住她的手，便從方巾的縫隙發現她在竊笑。那副模樣不禁讓人覺得很可愛，連我也跟著竊笑起來。

「啊，你在偷笑喔。」

結果被莉特調侃了。

真是不講理。我們回到店裡的時候還是上午，現在吃午餐還太早了。

莉特從具備異空間收納功能的道具箱裡，拿出三罐同樣是用藥跟農民換來的十公升牛奶。

別人可能會疑惑我幹麼不把帶著的馬鈴薯也放進道具箱裡，其實是因為道具箱明明能辨識裝在罐子裡的牛奶，卻辨識不出放在袋子裡的馬鈴薯，把馬鈴薯和袋子分別放進不同的異空間裡。

想拿出來的話，必須分別進行想像，把馬鈴薯和起司一個一個拿出來才行。

所以，放進去的時候一定要分別記憶住每個蔬菜的形象。這是相當複雜的作業過程，要裝在袋子裡帶著走的話，直接用手拿更方便。

「牛奶不快點用完會變質耶。」

「要不要拿一罐去市集交換其他食材？」

「也對，那就走一趟市集吧。」

「我也可以一起去嗎？」

「當然可以啊。」

這時候，如果在場有其他人可能會這麼想：你們兩個都出去的話，誰來顧店……可是秋天都要過去了，會想要兩人一起上街走走也是人之常情嘛！

這番話要是被岡茲聽到了，大概會捧腹大笑吧。

不過，現在這裡只有我和莉特而已。

所以我們會盡情享受這種不合理的生活（慢生活）。

我拿起一袋克蒙銅幣，再次和莉特一起出門。

＊　＊　＊

到了市集，佐爾丹夏日的倦怠氣息早已一散而空，老闆們穿著稍微厚一點的衣服，正扯開嗓子叫賣自家的商品。

「好了，要交換什麼呢？」

阿瓦隆大陸的市集也會用貨幣交易，但以物易物還是很常見。

價值低的克蒙銅幣相當於〇・〇一佩利，會用來當作以物易物的輔助貨幣，有些農村只有克蒙銅幣在市面流通，而不是佩利銀幣。

之前在紐曼的診療所裡，也有老婆婆用肉和克蒙銅幣支付診療費，這種情況在這塊大陸屢見不鮮。

據說暗黑大陸正在慢慢發展為貨幣經濟。那邊的銅幣也是小拇指尖的大小，不同於會混雜私造銅幣的克蒙銅幣，好像會使用上面有確實刻印東西的貨幣。

尚未開戰時，阿瓦隆大陸上也有國家以品質高且價值穩定為由，進口暗黑大陸的硬幣作為該國的貨幣。

要前往暗黑大陸的話，去那些國家兌換貨幣就行了吧。

牛奶在佐爾丹較為昂貴。

因為乳牛適合飼養在更涼快一點的環境。相較於中央，這裡應該貴上兩成吧。

一般來說，十公升值5佩利左右，但在佐爾丹就要價6佩利。

6佩利相當於六天的生活費。所以我應該不會在一家店裡換完，而是逐一跟不同店家交換吧。

還是說，要不要買點平時不會買的高價食材呢？

儘管佐爾丹的牛奶貴了些，但牛肉就比較便宜。農民也說過，這裡的環境很適合開肉牛畜牧場。

不過，牛肉的價格也只比中央便宜不到一成，大致上就是中央的九五折，一公斤4．5佩利左右，總覺得不太能接受。

「差不多是吃火鍋的季節了吧？」

「火鍋嗎？那買點香腸做蔬菜燉肉鍋吧。」

「不能直接把牛肉放進去煮嗎？我可是很喜歡燉肉的！」

「也可以啊。好，那就吃牛肉火鍋吧。蔬菜就選洋蔥、白菜、蕪菁和韭蔥好了。前菜吃醃泡魚肉，吃火鍋的時候配炸雞塊，火鍋吃完後用湯底煮麵作收尾，甜點就吃水果優格。」

「哇！真是豐盛呢！但沒問題嗎？今天不是什麼節日耶。」

聽我說完，莉特雙眼綻出光采，卻又微微傾頭這麼問道。

而我笑了笑蒙混過去。

其實是因為聽到莉特主動說想吃什麼，我一時高興就不小心亢奮了起來。但這太羞恥了，我實在說不出口。

＊　＊　＊

「做好囉～」

「耶！」

我把火鍋端到客廳桌面的底座上。

然後將一塊點燃的小木炭放進底座裡。

儘管火力不大，但經過充分加熱的火鍋在接觸到木炭的熱度後，發出了咕嘟咕嘟的聲響。

「那就開動吧。」

「好。」

醃泡魚肉在等待火鍋煮好的期間都快被清光了。

明明只是前菜而已，我擔心會不會吃得有點多，不過火鍋上桌後，這似乎是我多慮了。我和莉特動湯匙的速度從未慢下來過。

我們一邊開心地聊天，一邊進攻著火鍋。

「這個雞肉丸好好吃唷。」

「對啊，肉舖大叔強烈推薦我買的。他說與其找零，不如用來買這些雞肉丸更好。這吃起來確實很搭，必須感謝那間肉舖才行呢。」

吃完火鍋，我把麵條加進去燉煮。食材的味道完全釋放到湯底中，用來煮湯麵別有一番風味。

餐後甜點是加了葡萄和切片香蕉的優格。

喜歡甜食的莉特吃得很開心，看著她的模樣，我都有點想問：「我的這份要不要也給妳？」

不過，屬於我的那一份我還是會吃掉，畢竟我也愛甜食嘛。

「我吃飽了！」

等彼此都吃完後，莉特泛起滿足的笑容。光是看到她的笑容，我就打從心底覺得今天做這麼豐盛的一餐真是太好了。

＊　＊　＊

來到下午，我們開始認真做店裡的工作。

莉特負責顧店，我則負責在工作室調合藥品。今天是用灰色海星草做解毒藥。

惡魔加護的生產據點已經沒了，但無法斷定當局揭發了剩餘的所有禁藥。而且接下來還有藥物的戒斷症狀要治療。

因此，我們也必須準備能夠減輕戒斷症狀的藥物。

「是不是應該乾脆開始量產解毒藥水啊？」

從魔法的角度來看，藥物中毒被視為中毒效果。

雖然解毒藥水無法治療精神上的成癮症，但對肉體上的中毒症狀是立即見效。

只不過解毒藥水的缺點在於非常昂貴，一瓶就要３００佩利，只有富裕的冒險者、商人和貴族才買得起。

「要是用藥草煎煮而成的解毒劑有效就好了。」

然而，我能做的藥草解毒劑只能稍微緩和症狀而已。

解毒藥水是封入魔法所製成的魔法藥水，不會魔法的我是做不出來的。

用增量藥水把一瓶變成五瓶再低價出售也不失為一個辦法……

「但我需要一個值得信賴且口風緊，而且有權讓藥水流通的幫手。」

我在佐爾丹認識的大多是平民區的人。

靠我的人脈是辦不到的。

「嗯，感覺不太行，還是放棄吧。」

應該不至於沒有解毒藥水就會出人命吧。

要說有問題的話，那就是對惡魔加護出手這種褻瀆神明的行為受到聖方教會高度關注，平時會對毒品成癮者進行隔離治療的教會這次並沒有採取積極行動。

若要醫治苦於戒斷症狀折磨的患者，必須找到能夠照顧病患直到毒素澈底清除的合作夥伴。雖然佐爾丹有幾間診療所，但不具備足以提供住院治療的收容能力。那些診療所終究是以治療上門的患者為主，要住院也僅限短期，不然就是回家療養。

「不管怎麼樣，這都不是我能夠處理的問題啊。」

我反覆思考許久，依然得不出一個結論。

我還是以藥師的身分在能力所及的範圍內盡力而為吧。

＊　＊　＊

傍晚，藥品大致調合完成，我到店裡看看情況，便發現莉特正笑著接待客人。

藥店的生意似乎相當興隆。

「受到南沼區暴動騷亂的影響，預先備好以防萬一的藥品……比如止血劑之類的都賣得相當好喔。還有衛兵們買了很多治療宿醉的藥，治癒藥水也賣掉了一些呢。」

店裡出售的治癒藥水是委託平民區的冒險者們幫忙製作的；包含待命時間在內，打工費是13佩利。

對新手冒險者來說，雖然工時很長，但這個委託只要會用魔法就能賺到錢，所以他們也很樂意接這個工作。

「噢，好驚人啊，這是史上最高的營業額了吧？」

「我想應該是數一數二的了，再說我們可是下午才開門耶。而且每家診療所的藥好像都不夠了，我想他們很快就會來下訂單。」

莉特把記錄著今日營業額的紙張遞給我。

我接過來粗略瀏覽了一遍，確實是很驚人的營業額。

「既然這樣，為了明天著想，還是多調點藥比較好，今天就再努力一會兒吧。」

「店裡應該也要開到沒客人為止比較好。」

「今天要加一下班了，能麻煩妳多擔待些嗎？」

「沒問題！平時不會來我們店裡買藥的客人好像都跑過來了，我會讓他們知道雷德&莉特藥草店的藥品質有多好。」

如果問：「你的藥品質很好嗎？」這的確會讓我有點苦惱，不過我有自信店裡沒有調合失敗的藥，也從來沒有接過顧客投訴。

相較於以中級調合技能調製的藥，還有能夠使用魔法的加護持有者所製作出來的魔法藥水，店裡藥品的價值當然遠遠比不上，但不是所有客人都會用那種高級品。

「請給我這個感冒藥！」

一名嬌小的半妖精少女遞出十枚克蒙銅幣，朝氣十足地說道。

那是用生薑製成的藥，可以促進身體新陳代謝，只是不如用技能做出的藥那樣能夠立即見效……但還是有人需要這種藥。

「小心不要弄丟了喔。」

莉特露出微笑，把裝著藥的袋子遞給她。

「非常謝謝！我媽媽得了感冒，看起來很難受！」

「妳媽媽一定會好起來的。」

少女彎腰鞠躬後，踏著輕快的腳步離開了藥店。

＊　＊　＊

我叫做媞瑟，是一名殺手，但現在應該算是飛空艇的駕駛員。

我和勇者大人現在正開著沉眠在沙漠遺跡的前代魔王所遺留下來的飛空艇，往佐爾丹的方向前進。勇者大人在尋找一名從惡魔那裡打聽到的「鍊金術師」，對方能夠製作一種名為惡魔加護的藥。

製作出那種藥的「鍊金術師」確實就在惡魔傳播藥物的佐爾丹。而我們已經可以看到佐爾丹的燈火了。

夜色低垂，我將飛空艇降落在遠離官道的森林附近準備休息。

「明天就能抵達了。」

我攤開地圖在為勇者大人說明航線。

「這樣啊。」

勇者大人靜靜地聽我一邊用手指比劃地圖一邊說明。

她偶爾會看向我並微微抽動臉頰，嚇得我以為自己觸怒她了。憂憂先生用前足拍拍我的肩膀為我打氣，告訴我不用怕。

嗯，我會加油的。

噫！勇者大人的臉頰又在抽動！她目不轉睛地盯著我看！

沒事，平常心、平常心……

「明天在這裡降落。」

勇者大人指著地圖。

那是距離佐爾丹需要步行一天才能抵達的高山附近。

「在這裡降落嗎？從這裡走到佐爾丹有一段很長的距離喔。」

「飛空艇太過顯眼了。我想在佐爾丹隱瞞勇者的身分，妳也要把我當成一個普通的旅人。」

咦咦咦咦咦？不可能不可能不可能不可能！

不，把飛空艇停得遠一點是沒關係啦，從那裡走過去也沒有問題啦！

但勇者大人要裝扮成普通人是不可能的，不可能！

畢竟，我光是走在她旁邊就冷汗直流了啊！後背都溼成一片了！每天晚上都得洗內衣耶！

像這種總是散發出「我可是無敵強者」氣場的人，除了勇者就只有魔王了啊！雖然我也沒見過魔王就是了。

「我明白了，不過恕我冒昧，勇者大人應該不太了解旅人吧？」

「妳說得沒錯。我一直都是作為勇者而活，所以我沒辦法順利偽裝成旅人的話，希望妳能幫忙。」

不是吧……

「我不確定自己能不能勝任勇者大人的嚮導，我只是一介卑微的殺手而已。」

「沒關係，妳剛才就有提醒我對旅人不夠了解。」

竟然是因為這樣而受到讚賞啊……這種事任何人都看得出來吧……

但一直反駁她感覺會很可怕，只能放棄掙扎了吧。儘量達成雇主的要求也是殺手的工作。

我接受過混入群眾的訓練，藉這個經驗讓勇者大人……好像不太可能。但是，我說不出口。總之先點頭答應的話，就能平安活過今天。

在困境中生存下來也是殺手的一大本事。

「那麼，明天的計畫就討論到這裡。妳可以去休息了，我來守夜。」

說完，勇者大人往甲板走去。

我叫做媞瑟，既是殺手也是飛空艇的駕駛員，不過現在是協助勇者大人假扮成旅人的幫手。我之前只是一名殺手的時候，根本無法預料到會有這種發展。

我是說真的。

深夜，我獨自在搓洗被冷汗浸透的內衣時，察覺到勇者大人好像在到處走動，於是豎起耳朵仔細一聽。

「……不在。」

我聽到她失望地這麼說著。說什麼不在，飛空艇上只有我們兩個而已，當然不可能有其他人在啊。她在做什麼呢？

憂憂先生也歪起腦袋，一副「誰曉得呢？」的模樣。

＊　＊　＊

佐爾丹的氣候有點像亞熱帶，但風從與東方接壤的大山脈——世界盡頭之壁吹下來時，體感上還是相當冷。

我和莉特正在作早上開店的準備。

風從窗戶吹進來，莉特便打了個冷顫。

「把窗戶關上吧，今天很冷呢。」

「嗯，還是關上吧。」

儘管莉特是在北方國度的洛嘉維亞長大的，不過佐爾丹的冬天似乎還是很有冬天的寒意。

我關上木窗，在變暗的室內點燃油燈。油燈黯淡的光芒和些許燈油燃燒的氣味在店內飄蕩。

「那麼，今天一整天也加油吧。」

「好～」

和莉特擊掌後，我把店外的牌子換成「營業中」。

當我打算回店裡時，又一陣風「咻」地吹來。

「好冷啊。不過，在冷天中踏進家裡就會感到很幸福呢。」

在過去的旅途中，我必須用斗篷抵禦從沒有樹木擋風的荒野上呼嘯狂吹的寒風，不停地走下去。身上的鎧甲冰凍刺骨，手指和耳朵等身體末梢都彷彿灼燒一般發痛。即便在這種環境下，飢餓的魔物依然遠遠圍住我們這些稀有獵物，監視我們的一舉一動，抓到些微破綻便毫不留情地襲擊過來。

現在和那些日復一日的生活不同了。

外面冷的話就回到溫暖的家裡，莉特會用雙手包覆住我冰冷的手。

「耶嘿嘿。」

反而是包住我的手的莉特羞澀地笑了。我知道自己也微微紅了臉，便和她一起笑了起來。

真是幸福的每一天啊。

但事實上，正是這樣的日常生活降低了我和莉特的危機意識。

「喂喂喂，讓我進去取暖一會兒吧……！」

半妖精木匠岡茲這麼說著便闖了進來，而我們一時半刻都沒反應過來。岡茲看到手牽手互相凝視的我和莉特兩人，他有一瞬間露出吃驚的神色，接著就勾起嘴角賊賊地笑了笑。

我們連忙放開手，莉特紅著臉丟下一句：「我去整理儲藏庫！」就躲進裡面。

「抱歉、抱歉，打擾到你們了。不過，外面的牌子掛的是營業中啊。」

「嗯，是在營業沒錯……」

「幹麼啦，有必要那麼害羞嗎？你們兩個在交往的事早就傳遍整個平民區了，平時都卿卿我我地黏在一起，現在才害羞不嫌晚嗎？」

「咦？我們有那麼親熱嗎？」

「啥？」

岡茲瞪大雙眼，像是不敢相信我怎麼會這麼說。隨後，他大嘆了一口氣。

「不是啊，大家都說你們是佐爾丹首屈一指的笨蛋情侶耶。」

竟然被大家說成笨蛋情侶。

是這樣嗎？我覺得自己夠克制的了，不然其實還想再跟莉特多黏一會兒。

「算了，不提這個了。你今天有什麼事？」

「也沒什麼事啊，你開店的時候不是曾說過隨時都可以過來喝茶嗎？我想喝熱呼呼的茶。」

「明白啦，我馬上就去泡，麻煩你顧一下店。」

「好，包在我身上。」

看到岡茲穿著木匠的工作服站在櫃檯，還沒什麼意義地挽起袖子，我露出苦笑走向廚房。

用熟練的手法泡好茶後，我將三個冒著熱氣的杯子放到托盤上端回店裡。似乎沒有客人上門。

莉特大概也冷靜下來了，她早我一步回來坐在櫃檯裡。

「噗哈！活過來了。」

「喂喂喂，你等一下才要開工吧？」

「我的工作都是在戶外啊，這種季節真令人難受。」

「炎熱的夏天更令人難受吧？」

「也是啦，但冬天有冬天的痛苦之處啊！這是不同類型的難受！」

聽到岡茲這樣辯駁，我和莉特都笑了。不過，我同意他的主張，冬天和夏天都很令人難受。

「尤其是指尖啊。」

岡茲摩擦著不像木匠會有的細白手指。聽說他以前曾因為失誤而折斷手指，但妖精的強韌生命力讓他不借助魔法藥水也修復了骨折，而且沒留下任何痕跡。

然而，我更喜歡莉特那雙帶有劍繭，並在修練中和戰鬥中留下隱約傷疤的手。那就像是在看著她一路走來的人生軌跡，讓我憐愛不已。

「喂，說得好好的，你幹麼握住她的手啊？」

「啊，一不小心就……」

岡茲用更加傻眼的表情聳了聳肩。

莉特拉起方巾遮住竊笑的嘴巴掩飾害羞，看起來更可愛了。

「好好好，別曬恩愛了。再繼續待下去我都要吐出砂糖了。我差不多該閃了。」

「嗯，別受傷了啊。」

「知道啦。」

岡茲一口氣喝乾剩下的茶，戴上手套重回冷天之中。

「岡茲好像很冷的樣子。」

「這種天氣還要在外面工作，真是辛苦他了。」

我們一邊喝著茶，一邊事不關己地對大冷天還要蓋房子的岡茲萌生敬意。

然而，寒冬並非全然沒有對「莉特&雷德藥草店」造成影響。

＊＊＊

「都沒有客人。」

沒有任何人來。

我在櫃檯托腮發著呆，等時間過去。

「咖啡泡好了，休息一下吧。」

耳邊傳來莉特的聲音。的確，總不可能突然就忙碌起來吧。

我垂下肩膀，朝莉特走過去。

她見狀露出了苦笑。

「只不過是一天沒客人而已，你不要這麼沮喪啦。」

但是，昨天明明創下了史上最高的營業額，我還調配一大堆藥，鬥志高昂地準備迎接忙碌的第二天，卻沒想到今天竟然門可羅雀。

「既然賣出很多藥，代表手上有藥的客人也一樣多呀，所以這就像海浪一樣有高有低嘛。」

「或許是這樣沒錯啦。」

平時很多人會在工作前買來吃的營養餅乾，今天還放在籃子裡，一塊都沒賣出去。

營養餅乾本來就是以保久食品的配方為基礎製作而成的，不至於放一天就要丟掉，但看著辛苦做出來的東西就這樣剩下來，我還是覺得很難過。

「我還以為中午會回暖一點耶。」

莉特稍微打開窗戶，冷風就吹進了店裡。

「這麼冷的天氣，佐爾丹人是不會想外出走動的。」

佐爾丹人的座右銘之一就是「明天再做也無妨」。無論熱天、冷天還是下雨天，只要天氣不好，他們就只會做完最低限度的工作，能多輕鬆就多輕鬆。

不過，我現在也已經習慣了佐爾丹的生活，所以不討厭這種思維就是了。

「但這樣的話，接下來會變得愈來愈冷，感覺整個冬天都沒什麼生意可做。」

我嘆了口氣，而莉特則安慰似的摸摸我的頭。

被喜歡的人摸頭是很舒服的事情，沮喪的心情也舒緩了下來。

「要是有那種就是天冷才想買的藥就好了。」

「是有能夠賦予寒氣抗性的魔法藥水，但一瓶就高達500佩利，而且持續時間只有一分鐘左右，派不上用場。」

明明有魔法藥水能夠抵抗瞬間取人性命的極寒魔法，卻沒有能夠讓人撐過寒冬的魔法藥水。

原因在於魔法很難長時間維持。

利用調合技能做出來的藥之中，也有能夠升高體溫的「內火藥丸（Inner Fire Tablet）」，以及降低知覺能力的「遲鈍靈藥」等長效型藥物。不過這些都是應急藥品，經常服用會對身體產生負面影響。

「真傷腦筋啊。」

莉特原本用單手撫摸我的頭，現在則伸出左臂攬過我的頭，進一步變成從後腦杓撫摸到脖子的動作，然後苦思著有沒有什麼好點子。

「如果能用通用技能做出洛嘉維亞的懷爐就好了。」

「唔。」

懷爐嗎？我完全忘記有這東西了。

所謂的洛嘉維亞的懷爐，是在洛嘉維亞公國誕生的道具。

鐵粉、食鹽水、洛嘉維亞杉木炭粉和麵包屑。用「中級鍊金術」將這些材料調合起來，再放進袋子裡就能發熱。

這個道具是洛嘉維亞公國的國家機密，本來只會分配給士兵。直到五十年前發生哥布林王動亂之際，顧及周遭國家安危才公布了製作方法。洛嘉維亞位於寒冷的北方，能夠暖和士兵身體的懷爐想必也影響到士氣和續戰力。

懷爐目前在大陸北部有一定程度的流通。只不過，儘管材料既便宜又容易取得，但也沒有到人人都在使用的地步。

最大的原因就是懷爐一調合完成就會開始發熱。因此，懷爐必須在做好後立刻交給使用者，而需要用到「中級鍊金術」的懷爐很難提供給旅人使用。

「不過，懷爐很適合早上在藥店賣。」

看到我認真地考慮起來，莉特一臉疑惑。

「但需要用到『中級鍊金術』吧？我在洛嘉維亞也只是聽店家提過而已。」

「哼哼哼……其實呢，我在旅途中發現了其他配方。」

「這在以前可是洛嘉維亞的國家機密耶。」

莉特露出傻眼的表情，使勁揉亂我的頭髮。

即使是「鍊金術師」，也很少有人會去調查技能是如何發揮作用的，因為除了技能之外，還必須具備純粹的知識，而那種知識不易獲得。我在尋找方法減弱露緹的加護衝動的過程中，鉅細靡遺地學習過技能發揮作用的原理，這些知識無論在過去還是現在都非常受用。

不過，最關鍵的減弱「勇者」加護衝動的方法我並沒有找到就是了，畢竟是如此強力且具備一切抗性的加護。

「在洛嘉維亞的懷爐中，『中級鍊金術』起作用的對象似乎是鐵粉和木炭。其餘材料用『初級鍊金術』或者不用技能都沒關係。我想應該是利用鐵粉生鏽時所產生的熱度來加溫的吧，其他材料都是用來促進鐵粉生鏽。」

洛嘉維亞公國是由優質薪柴支撐起來的製鐵大國，之所以會發明出懷爐的配方，也是因為那裡有對鐵非常了解的「鍊金術師」。

「也就是說，只要能讓鐵粉快速生鏽就行了。那麼，用食鏽菇精華應該更有效率。改成鐵粉、兌水稀釋的食鏽菇精華和麵包屑的話，即使是通用技能也做得出來。」

發現這個配方後，在嚴寒地帶的旅行變得相當輕鬆。

「我對鍊金術的技能一點也不了解，但這個是很驚人的發現吧……」

過去我在隊伍裡公布這個發現時，大家的反應都很平淡。因為所有人的身體都很強健，更重要的是，在整個隊伍的認知中，能用於戰鬥的道具才是最優先的。這也沒辦法，畢竟我們的旅程是以打倒魔王為目的，反正那個隊伍不管面臨什麼環境都有辦法挺下來熬過難關。

所以，我很高興能夠得到莉特的稱讚。

「所以……妳覺得怎麼樣？」

「什麼怎麼樣？」

「呃，就像妳之前說過的，賣這個會不會跟增量藥水一樣打亂市場？」

莉特抱住我，額頭湊了過來，然後笑了笑。

「放心吧，這次終於可以讓大家知道雷德有多厲害了。」

「太好了。」

「因為……我的雷德真的很厲害。」

莉特的臉龐就近在眼前，她如此說著，開心地露出皓齒一笑。

她這次沒有用方巾遮住嘴巴，而是坦率地表達出內心的喜悅。

「這都是因為妳一直陪在我身邊啊。」

我也緊緊回抱住莉特，向她這麼答道。

＊　＊　＊

我從鐵匠莫格利姆那裡拿了一些鐵粉，調合出懷爐的樣品後，把店裡的事情交給莉特處理，獨自前往岡茲工作的地點。

「嗨，岡茲。」

「喔，是雷德啊。真難得你會來我工作的地方耶。」

他今天似乎是在為平民區的衣服店建造新的倉庫。

柱子都搭建好了，正在著手蓋牆。

大概是受到冬季嚴寒的強烈影響，半妖精那又長又尖的耳朵變得紅通通的。儘管他脖子上戴著羊毛圍脖，但整體穿著都比較薄，可能是怕行動起來不方便吧。

「今天好冷啊。」

岡茲脫下皮革工業手套，把手貼在耳朵上取暖。

他的鼻頭也變紅了，看起來很難受。

「岡茲，我今天帶了試用品過來喔。」

「試用品？」

「對，叫做懷爐，天氣冷的時候可以用。」

我一邊說著，一邊從包包拿出裝在袋子裡的懷爐遞給他。

「噢！這個好暖和啊。」

岡茲一臉舒服地把懷爐貼在手指和耳朵上取暖。

「我下次打算賣看看這個。它的發熱時間大致可以持續十五小時左右。」

「真的假的？這我一定買啊！」

岡茲一副要據為己有似的用雙手握緊懷爐，我見狀不禁輕笑出聲。

「什麼東西這麼稀奇？」

坦塔的父親米德和其他木匠也停下手邊的工作湊了過來。

「我做了好幾個，這裡的每個人都有份。」

我將懷爐一個一個遞給木匠們。

「哦？好溫暖耶。」

「正好我超怕冷的。」

「這東西真不錯。」

大家的反應都很好，我仔細叮囑他們小心使用，避免燙傷。

「再來就是，懷爐的效果能持續到傍晚之後，如果你們喜歡的話，麻煩你們下班去酒館的時候幫我宣傳一下。」

「可是用買的應該很貴吧？」

其中一名半獸人木匠開玩笑地說道，而我則得意地笑著回應：

「其實只要一枚四分之一佩利銀幣，還能找回五枚銅幣呢。」

「兩杯威士忌就能買到嗎！那當作是花了威士忌酒錢來取暖就行了吧！」

「但反正你還是要喝吧？可別喝醉了在工作時受傷啊。」

「到時候再拜託你準備厲害的藥啦。」

「要是因為那種白癡理由受傷，我可是會暴漲藥費一波逼你付的啊。」

工匠們放聲大笑。

身體一旦暖和起來，內心也會跟著暖洋洋的。重回工作崗位的木匠們都帶著舒暢的表情。

除此之外，我也把懷爐分給家具工匠史托姆桑達、佐爾丹運輸的職員們、忙著外出診療的醫生紐曼和護理師艾蕾諾雅，還有在爐邊修理鍋子的矮人格力海達爾，以及拉著貨攤的半妖精歐帕菈菈等。

接著，我也去了一趟鐵匠莫格利姆那裡，當作是他送我鐵粉的謝禮，順道商量今後關於鐵粉的收購事宜。莫格利姆對此只覺得有趣，倒是他那位負責顧店的妻子敏可非常熱衷。

每個人都是愛炫耀的平民區居民，一定會在朋友們面前賣弄一番吧。

「這樣就不用擔心宣傳問題了。」

發完懷爐後，我才後知後覺地發現天色已經暗了。

花的時間比預期中還要多啊。

我本來還覺得佐爾丹的冬天較短，可能不太需要懷爐；沒想到大家看起來都非常感興趣。我高興歸高興，但不管走到哪裡都要面對各種關於懷爐的問題，還有人要預訂明天的懷爐，結果就拖到這個時間了。

「唔……冷死了。」

走在林間小路上，寒冷的夜風吹得我不禁這麼嘀咕道。

抬頭望向冬季的夜空，只見月亮隨著太陽西沉而一點一滴越發明亮，還有數顆星星迫不及待地閃耀了起來。

我呼出的白氣在殘留夕陽餘暉的空中消散。

「雷德。」

有人呼喊我的名字，那開朗清脆的悅耳嗓音我非常熟悉。

我收回望著天空的視線，就看到莉特正揮著手。

「莉特，妳怎麼來了？」

「我想說你差不多該回來了，所以來迎接你呀。」

莉特這麼說道，羞澀地笑了笑。

也許是天冷的緣故吧，她的臉頰微微泛紅。

我以為花的時間比預計中還要多，但莉特似乎早料到我會拖這麼久。看來還是莉特更了解這方面的事情。

「唔！」

莉特看著我的臉，露出像是發現了什麼似的表情。

接著，她脫掉手套。

「嘿！」

她將雙手放在我的臉上。

在手套中保暖的雙手碰到凍僵的肌膚後，有一種慢慢化開的感覺，相當舒服。

「你的臉變紅了耶。怎麼樣？暖和嗎？」

「好暖和……謝謝妳。」

莉特的手固然溫暖，但我心中同樣暖呼呼的，可能是因為心跳變得有點快吧。

「啊！」

當我還沉浸在莉特雙手的溫暖中，就聽到她小小驚叫了一聲。

「雷德，你看天空！」

「嗯？」

莉特望著天空，看起來很開心的模樣。

我也再次抬頭望向夜空……只見星星閃耀的夜空中，純白細雪輕輕飄落了下來。一

直覺得天氣很冷，但沒想到竟然還下雪了。

「真難得佐爾丹會下雪耶。不知道是不是風從世界盡頭之壁帶過來的。」

「我來到佐爾丹之後還是第一次看到雪呢。本來在洛嘉維亞那邊已經看膩了，不過這樣一看就覺得好美呀！」

「是啊。佐爾丹應該不會有積雪的情形，看來可以悠閒地觀賞下雪的景緻。」

莉特的故鄉洛嘉維亞公國位於北方，冬天來臨就會變成被雪覆蓋的一片銀白世界。在佐爾丹雖然看不到白色積雪，但不曉得眼前漫天飛舞的雪花有沒有讓莉特憶起洛嘉維亞的冬季景色？

我輕輕摟住莉特。

「要不要賞一下雪？」

「可以嗎？但很冷耶。」

「的確……而且也沒有懷爐了。」

我本來特意多做了一點，只是意外受到好評，在酒館講解懷爐作用的時候，附近那些不曾來過酒館的人都聚集過來了。

多虧那些人，我帶來的懷爐全發完了。而我之所以這麼冷，也是因為我連自己的那一份都給出去了。

「呵呵呵。」

莉特得意地咧嘴一笑。

「其實呢……鏘鏘！」

說完，她有些裝模作樣地從懷裡掏出一個懷爐。

「我想說客人上門的時候可以給他們看看懷爐，就先挑了一個出來。」

「哦哦，真不愧是莉特。」

不過，一個懷爐不夠兩個人用。

「懷爐還在發熱，你拿著就不會冷了。」

她這麼說完，把懷爐塞進我手中。

「我可是北國洛嘉維亞人，這點程度的低溫我才不放在眼裡呢。」

「不行，妳看起來明明就很冷，我怎麼可能只顧著自己取暖。」

「唔！」

我當然拒絕，但我也很清楚莉特在這種時候會格外頑固。

照這個情況，最後會變成我們兩個誰也不用懷爐吧，這樣未免太浪費了……我思索了一下，直接用拿著懷爐的手握住莉特的手，就這樣走了起來。

「我帶妳去附近一個地方。」

「咦？」

我牽著莉特前進，途中拐進通往林中的岔路。

我們在狹徑中踩著落葉走了一會兒，就來到樹林中的一塊小小廣場。

「現在這時間應該不會有人來這裡。」

「咦……呃？你要做什麼？我會被怎麼樣嗎？」

莉特忽然羞紅了臉，心慌意亂起來。她偷偷瞥我幾眼，用脖子上的紅色方巾遮住揚起的嘴角。

奇怪？不、不對啦，我沒有那個意思……

「啊，那個，恕我失禮一下。」

「咦？」

我解開自己大衣上的釦子，然後把莉特摟過來，讓大衣輕輕裹住我們兩個。懷爐就放在互相緊挨臉龐的我們中間。

如此一來，我們就可以藉由彼此的溫度來抵禦寒冷的冬夜。

「這樣就能一起暖和身體了。」

「啊嗚……」

莉特滿臉通紅，一下慌張地移開視線，一下又注視著我，雙手無措得不知該往哪兒擺……最後，她手臂環到我背後緊緊抱了回來。

「……你的身體好暖和呢。」

她瞇起雙眼這麼說道。

可愛的臉蛋就在我眼前，亮麗金髮上沾了些許白雪，一陣香氣忽地竄過我鼻間。

莉特的胸部在大衣裡暖到出汗，緊壓在我身上被擠到變形。

她抬眸看著我，那張臉羞得泛紅，而且直白地寫滿了「喜歡」的心情。稍微冷靜下來後，她抬頭看向天空。

「這樣一看……雪真的很美呢。」

莉特說出口的字句輕輕搔著我的脖子，但我的視線無法從她身上移開。

「怎麼了？一直看著我的臉……又不是雪，你早就看習慣了吧？」

「但今天在雪中的妳，只有這個當下才能看到……我都看入迷了。」

糟糕，忍不住就說出真心話了。

自己到底在說什麼啊？我感覺到整張臉都倏地滾燙起來。

「抱、抱歉，我好像講了很奇怪的話。」

我連忙解釋，而莉特只是呆若木雞地聽著我說。

是不是搞砸了啊……

「耶嘿……耶嘿嘿。」

在我開始驚慌失措之際，她嘴角一揚，樂得笑出聲來。

「出其不意的明明是你，怎麼反倒是你臉紅起來了呀？」

莉特帶著飛紅的臉龐和揚起的嘴角調侃著我，那語氣既雀躍又開心。

「我又沒有出其不意的打算……就不小心說出真心話覺得很難為情啊。」

「你也會害羞呀？」

我將自己的額頭抵在莉特的額頭上代替回答。

下雪的夜裡，我們用一件大衣裹住彼此，身體緊緊相擁，額頭抵在一起輕輕笑著。周遭應該沒有其他人吧。

「沒有人在唷。」

莉特似乎也想到了同樣的事情。這讓我覺得有點不好意思，同時又愉快無比。我輕輕吻上莉特的雙唇。

莉特的存在占據了五感，我的內心澎湃得幾乎要滿溢出來。

雙唇分開，我們都羞澀地笑了笑，像是要掩飾似的仰望天空。

「雪還真漂亮啊。」

「嗯。」

冷天之中，我們裹著同一件大衣，共用一個懷爐取暖，一起眺望雪景。這樣的日常生活（慢生活）也沒什麼不好。

「看到這場雪，大家明天一定會來買懷爐的。」

「確實是這樣。」

「明天的營業額絕對會比今天好非常多。」

莉特這麼說完，朝我一笑。看到她的笑靨，我這才恍然大悟。

為什麼我會努力想辦法解決今天沒有客人的問題……是因為我想要像現在這樣和莉特一同歡笑。

和莉特一起煩惱、一起製作東西，然後一起開心、一起失落。我就是在渴望這樣的時光。

「但不確定明天會不會有客人就是了。」

「是嗎？我覺得會有耶。」

「謝謝妳。有妳這句話，我才有辦法努力一整天。」

莉特微微傾頭看著我。

環在背上的雙臂更加用力，她讓我們緊貼著彼此。

「但你也不要太拚了唷。能和你一起賞雪，我就覺得很幸福了。」

她對自己的這番話感到害羞，露出了傻氣的笑容，而我也無法停止嘴角上揚。

「也對。和妳開心過生活是不需要努力的。」

「沒錯，你一直以來都努力過頭了，至少別為我這麼拚啦。」

到頭來，只要能像這樣和莉特在一起，我就夠幸福的了。我就算不去努力，莉特也會陪在我身邊。

「這樣真的很暖和呢。」

「嗯……真的很暖和。」

不知不覺夜幕已經低垂，夕陽消失得無影無蹤，靜靜掛在夜空的月亮照耀著紛飛飄舞的白雪。

我們一起遙望著夜空，度過了寧靜的夜晚。

第二章
勇者只差一步之遙

隔天，我完成了上山的準備。

藥草的庫存用得差不多了，而且製作懷爐要用到的食鏽菇本來就沒多少存貨。冬天的藥物需求也有所轉變，我得好好補貨一次才行。

「那我出門了。」

「路上小心，來，這是便當。」

「謝謝。」

順便補充，這個便當有九成是我自己做的，莉特只做了兩面都煎熟的荷包蛋。早上我還在想她怎麼突然跑進廚房，結果她表示想要體驗一下在我出門前遞便當的情境。她後來又說光是遞便當很空虛，想自己也做一道菜，我就讓她煎了荷包蛋。

「唔呵～」

把便當遞給我後，她看起來很滿足。

前往山上時，橋的正中央又坐著一名騎士，似乎是要阻撓打算過橋的人。我覺得很麻煩，就像上次那樣選擇繞路了。

那個騎士難道沒別的事可做了嗎？

＊　＊　＊

討厭，我不想撿。我在內心哀號著。

眼前是一條水溝，裡面有村裡的生活排水、穢物，甚至還有垃圾。一個可愛版的木雕飛龍玩具漂在水中被垃圾卡住了。

「嗚哇啊啊啊啊！」

一個男孩指著漂在水溝裡的玩具嚎啕大哭。應該是他掉的吧。

水溝散發著沖天惡臭，沉澱著一些讓人忍不住想別開視線的不明物體。

如果他就此死心離開的話，我還可以忍住不管；但他不肯走，一直在那裡哭叫。

搞不好他很清楚我的特性，他可能是故意在那裡哭的。儘管我覺得不會是這樣，但萌生的疑心不斷滋長，化為無法宣洩的憎恨灼燒著我的內心。

我是「勇者」。「勇者」不會對有難的人視而不見。

就算我的年紀比那個男孩子還要小。

就算我等一下還要去玩。

就算我之前也在同樣的情況下弄髒衣服，捱了媽媽一頓打還被警告不准再犯。

加護才不會管我這些理由。

忍無可忍了，我接下來就要跳進水溝，撥開那些穢物，為了一個只值一枚銅幣的玩具葬送掉今天一整天的時光。

就在我無力地打算朝水溝邁出一步時⋯⋯有人抓住我的肩膀。

「交給我吧。」

對方毫不猶豫地跳進水溝，儘管浸到腰際的髒水讓他皺起眉頭，他依然踏著有力的步伐走向玩具，然後把它拿了回來。

「來，別再弄丟啦，而且都髒掉了，去把玩具洗乾淨吧。」

「謝謝吉迪恩哥哥！」

剛才還在大哭的孩子露出欣喜的笑容，拿著玩具離開了。

「呼⋯⋯」

那個人看了看自己的狼狽模樣，臉上泛起苦笑。

我想要靠近，他卻連忙制止我。

「妳會弄髒的。」

「……哥哥。」

那個人是我唯一的哥哥。

「露緹幹麼要道歉？妳沒有做錯任何事情啊。」

「對不起。」

「可是……」

「是我自己想這麼做的，妳不必放在心上。」

「我知道了……哥哥。」

「怎麼啦？」

「抱歉，還是不行。」

我抱住了哥哥，不在意衣服會不會弄髒。

哥哥一開始想推開我，但是發現我在哭之後，他就死心似的任由我抱著。

「我們一起去洗衣服吧。」

「嗯。」

真正的勇者，一定就像哥哥這樣吧。

不該像我一樣只是迫不得已，而是會主動跳進水溝裡。

我之所以立志討伐魔王，是因為立下拯救最為受苦的眾多人民這個遠大目標後，就不會再為這種雞毛蒜皮的善行煩心了。

什麼世界的命運，我一點都不在乎。

＊　＊　＊

出發前往佐爾丹的露緹和媞瑟，正在官道上前進。

露緹沒有穿著平時那副鎧甲，腰間也沒有佩戴降魔聖劍。

媞瑟說那些東西太引人注目了，露緹便順從地把裝備收進道具箱裡，然後消失了十分鐘左右。

媞瑟一邊思考她去了哪裡一邊靜靜等待，結果就看到她拿著劍回來。

不知為何她背後還跟著三隻哥布林，牠們提著用樹枝編成的籃子，裡面似乎裝著河魚乾。

「咦？呃，發生什麼事了嗎？」

「附近有哥布林的氣息，我就去跟牠們要武器了。」

露緹拿著的雙手劍是上面開了三個洞的哥布林大劍。

感覺一揮就斷，讓人不是很放心。

「不過收進劍鞘裡就看不出來了……我比較好奇妳背後那些哥布林是？」

「附近的哥布林聚落的族長不知為何臥病不起，我就用『治癒之手』治好牠了，然後牠們就送我武器和食物當作謝禮。」

「咦？啊，原來是這樣啊……治療哥布林不會有問題嗎？」

「沒關係，那個聚落沒有做過掠奪的行為。哥布林有四成是靠狩獵和簡單農活維生，不是所有哥布林都會搶奪他人資產。不過，這種哥布林都住在遠離人類生活圈的地方，不怎麼起眼就是。」

不只討伐邪惡，鑑別善惡大概也是勇者的力量吧。媞瑟再次對露緹產生敬畏之意。

「我明白了，那把劍應該還滿適合佩戴在簡樸的冒險者身上，至於食物就先放進道具箱裡吧。」

「這樣啊。」

對於自己的行為受到媞瑟認可，勇者開心地露出笑容；但她的笑臉實在太不明顯，導致媞瑟渾然未覺。

她們兩人將哥布林的感謝聲拋在背後，離開了飛空艇。

*　*　*

一陣風吹來，在佐爾丹的草原掀起波浪。

前來佐爾丹之前，露緹她們所在的阿瓦隆大陸西北部森林早已開始過冬，而佐爾丹草原的顏色也由綠轉褐，變得有些寂寥。

「雖說是南部，但也滿冷的呢。」

「嗯。」

露緹面無表情地答道。

在環境抗性的影響下，寒冷對露緹而言只是氣溫資訊。

無論是極寒的極北地區還是灼熱的沙漠，都不會對露緹造成任何危害。走了一會兒後，她們發現了人群。

「前面怎麼了？我去看一下。」

媞瑟那嬌小的身子滑溜地穿過人群。

接著又立刻回到露緹身邊。

「聽起來是有個騎士堵在橋中間，然後有個對自己的身手很有自信的冒險者上前挑戰，不過被反打回來了。雖然需要多花一點時間，不過他們說有其他路可走，我們要繞開嗎？」

「不用了，就走這座橋。」

露緹逕直走向人群。

「讓開。」

「小姑娘妳想幹麼？這裡很危險喔，有個奇怪的騎士……」

對她搭話的男人才說到一半，便察覺到自己的雙腳正在打顫。

「好、好的……」

男人本能地讓開一條路。見狀，其他人也自然而然地移動到一旁，免得擋住露緹。

露緹穿過去後，他們過了半晌才終於意識到自己是在害怕。

橋上有一名穿著鎧甲、用布包住槍尖以防傷人性命的騎士。

那是身高將近兩公尺的壯漢。

「交出過路費。想通過這裡就留下一百佩利。」

聽到男人這麼說，露緹偏起頭。

「為什麼？」

「還用問，因為我想收啊。」

「喔，那就沒必要付了。」

露緹筆直地走向騎士，但她似乎連劍都不打算拔。

「妳、妳到底……」

然而，騎士無法想像出自己進攻的畫面。

不管怎麼想，他的腦中都只有自己被殺死的模樣。

媞瑟看到騎士的反應，便猜想他差不多要棄械投降了。

但是——

「唔哦哦哦哦哦！」

騎士聲如裂帛地大喝一聲，踏出一大步後，揮出一記銳利的刺擊。

「……咦？」

展開攻擊的騎士不明白發生了什麼事，發出傻住的聲音。

露緹輕易地用右手抓住了高速刺來的長槍。

明明看起來只是隨意單手一抓而已，但是不管騎士使出多大的力勁，長槍依然未動分毫。

「礙事。」

露緹低聲說道，接著就連槍帶人把騎士的身體舉了起來。

壯碩的騎士輕盈地飄浮起來，飛上了空中。

「哦哦哦哦哦？」

騎士被露緹丟出去後，飛越欄杆掉進了河裡。

「媞瑟，我們走吧。」

「好、好的。」

說好要喬扮成旅人，但一來就用這麼招搖的方式打敗對方是怎樣？媞瑟一邊抱頭苦惱，一邊追上勇者的腳步。

＊　＊　＊

走在路上，耳邊就傳來了某人的呻吟聲。

我心中起疑，便朝聲音的方向走過去。

「嗚嗚……好冷。」

一個壯漢在那裡瑟瑟發抖地烤篝火。

他身上只穿著一條內褲，附近樹上晾著像是他衣服的東西。

「差點就溺水，情急之下就在河裡把鎧甲脫了。板甲可是很貴的啊。」

男子泛著淚光這麼嘀咕著，把樹枝折斷丟進篝火裡。

好，當作沒看見吧。

我向右轉過身，準備就這樣離開……

「慢著！那邊那位請留步！」

唔，被他發現了。

男人急忙朝我衝過來。

我嗅出麻煩的味道，雖然很想逃走，但是不等對方說明目的就逃掉，似乎有點不近人情。

「呃，找我有什麼事？」

我帶著「老實說你讓我很困擾」這樣的弦外之音回應他，並露出友善的笑容。

「嗯，在下為龍騎士（Drake Rider）奧托，是光榮的法夫納騎士團的衝鋒隊長。」

「龍騎士？」

「龍騎士」是騎兵系的高階加護，如同其名能夠和龍締結情誼，擅長騎龍戰鬥。

類似的加護有「飛龍騎士（Wyvern Rider）」，但更為普遍。若拿兩者作比較，在同樣騎乘飛龍的情況下，基本上是「龍騎士」更強。

儘管有諸多原因，但影響最大的就是「龍騎士」可以施展「人龍一體」這個技能，能夠將自身技能的效果賦予騎乘的龍。

當然龍也有屬於自己的加護，所以兩種加護所賦予的力量能夠壓過加護等級相同的敵人。

然而，若問「龍騎士」是否是「強大」的加護，答案是未必。

「龍騎士」有一個唯一，但也是最致命的缺點。

那就是「龍騎士」一生只能與一頭龍締結情誼。

一旦失去那頭龍，那些強力的技能也不再具備作用。如此一來，加護所賦予的技能之中，只剩下級加護「騎兵」的技能，而且因為與龍相關的技能占了一部分，甚至會比同等級的「騎兵」還要弱。

因此……

「……於是，在下和醜怪的巨人格倫戴爾打成平手，並失去了搭檔。」

人在吹噓過往的豐功偉業時經常會這麼說。

因為就算現在沒有「龍騎士」的技能，他還是能堅稱是失去了搭檔才無法使用。

「呃，什麼？法夫納騎士團？」

鍛造師莫格利姆也曾經提過這頭龍的存在。

我是沒聽說過，難道很流行嗎？

「不錯，就是法夫納騎士團！邊境佐爾丹的居民可能對這個名字不太熟悉，但光榮的法夫納騎士團可是繼榮譽的巴哈姆特騎士團、冷酷的迪亞馬特騎士團之後，在王都是無人不知、無人不曉的第三騎士團！而在下過去正是以龍騎士的身分為團隊效力。」

「沒聽過耶。」

「住在佐爾丹這種鄉下，缺乏中央的常識也無可厚非，你沒必要感到丟臉。」

他拍拍我的肩膀安慰著我。

而我則半垂著眼瞪著這個自稱奧托的男人。

我好歹也當過那個巴哈姆特騎士團的副團長好嗎？

「所以，騎士大人找我有什麼事？我在趕時間喔。」

「對對對！在下有一件事要拜託你。」

「什麼事？」

「在下之所以來到佐爾丹，是為了討伐山丘巨人鄧多克，得到牠的城堡後成為擁有領地的貴族。」

這件事我倒是曾聽說過。

三年前出現的五頭山丘巨人襲擊佐爾丹西北地區的領主城堡並據為己有。

佐爾丹派出的討伐隊吃了敗仗，而且擁有那片領地的貴族也早已遭到巨人們殺害，所以在那之後就放著不管了。

除了偶爾有夢想成為城堡之主的魯莽冒險者前去挑戰後再也沒回來，不曾發生過什麼大問題。

「哦～這樣啊？那你加油吧，再見。」

「停停停，先聽在下把話說完啊。」

奧托連忙叫住打算離去的我。

「所以說，我是為了找到能夠和山丘巨人一戰的武藝高手，才會對過橋的人們發出挑戰。」

「啊，你就是那個麻煩的騎士喔？」

「結果，我今天終於遇到了實力和我不相上下的女戰士。這正是命運。在下要找到那名女戰士，和她一起打倒邪惡的山丘巨人，得到那座城堡！」

奧托說到這裡，似乎有些難為情地害羞了起來。

「然後在下要向那名女戰士求婚，和她一起在城堡裡生活。」

「哦，是喔？那你加油吧。」

「停停停，我快說完了，接下來才是正題。」

奧托又連忙叫住打算離去的我。

真希望他能直接講重點。

「所以你到底要我幹麼啊？」

「哎呀，也不是什麼大事啦。」

他不知為何扭捏了起來。

將近兩公尺的巨漢做出這種動作只會讓人覺得噁心。

「在下被丟進河裡的時候，武器、鎧甲、行李和錢財全都被沖走了……所以想跟你借點錢，等我得到城堡就還你。」

「我拒絕。」

我當然立刻回答。

「在下跟你低頭也不行？」

「嗯。」

「那就沒辦法了！就算來硬的也要逼你把錢留下來！」

奧托說完，張開雙臂朝我攻擊過來，身上還只穿著一條內褲。

「不想吃苦頭就乖乖噗呃啊啊啊啊！」

回過神來，我使盡全力的右直拳已經揍在奧托臉上。

啊，糟糕，一不小心就反射性地開扁了。為了不引人注目，我都不會接受別人的挑釁，但坦白說這次似乎是發自本能感到不爽。

奧托被打飛到後方，濺起巨大水花後再次落入河中。

他的身體在水面漂浮，就這樣被沖往下游。

算了，反正那傢伙是個攔路惡霸，我還是趕路要緊。

＊　＊　＊

佐爾丹的秋天很短。

山上連感受秋意的餘裕都沒有，樹葉紛紛凋落，轉變為有些寂寥的冬季山景。

「雖說不會積雪，但冬天能採到的藥草數量就很有限了。」

冬天的話，用來做突發性感冒治療藥的息肉菇、對傷口感染併發的汙穢熱病有療效的雪蔓、灰色海星草以及食鏽菇都還採得到。

然而，用於止血藥和消毒藥的菲沃斯草，還有解毒藥材克庫葉都是需求量比較大的藥材，冬天採不到會是一大痛點。

除了食鏽菇之外，也必須趁現在還能採到一點的時候多多搜集這兩種藥草才行。

「好想蓋一座溫室，在冬天也能確保一定數量的藥草啊。」

回去之後找岡茲商量看看吧，總之現在先專心採藥草。

那些奇美拉也是，與其在旁邊看還不如來幫忙。

我瞥了眼在遠處偷窺我的奇美拉們，結果牠們就慌慌張張地逃走了。

＊　＊　＊

我叫做媞瑟，過去是一名殺手，現在則是一個正在抱頭苦惱的人。

原因當然是勇者大人。

「我只是普通旅人，沒什麼好可疑的。」

勇者大人如此向佐爾丹的門衛解釋道。

她的肩膀上正扛著目測有五百公斤重的上級巨蛙。

這是怎樣？

我剛才大概花了十分鐘左右向門衛說明虛構的來意，並給了些好處賄賂他。我明明都談妥事情了，勇者大人只要老實等著就好。

「那、那個，露露小姐。」

露露是勇者大人在城裡用的假名，順便一提我的名字是媞法。

設定上，我們正在尋找下落不明的父親。

雖然不清楚勇者大人在找的鍊金術師是什麼樣的男人，但既然是要找人，那設定成找家人就行了。當成條件相似以致於找錯對象的話，也不會留下後患。不說這個了，眼下的情況才是最要緊的。

「妳背上的巨蛙是怎麼回事？」

「牠在附近的土壤裡冬眠，到春天可能會有威脅，我就把牠打倒了。」

「唔，嗯……我明白了。但妳為什麼要扛著牠？」

「咦？」

「呃，請妳不要在這時候歪頭。」

「在城郊打倒動物和魔獸類的魔物後，本來就要帶去給城裡的收購店。」

話是這麼說沒錯啦！

門衛拍了拍我的肩膀。我動作僵硬得彷彿會發出嘎吱聲似的轉過頭去，就看到門衛又驚又喜的眼神。

「妳的同伴好厲害啊。我去找肉鋪和拖車，妳們稍等一下。」

勇者大人毫不在意周遭讚賞與好奇的目光，看起來很超然。

總之……

「露露小姐，門衛去幫我們找肉鋪和拖車了，妳可以把巨蛙放下來了。」

「好。」

「咚」的一聲，巨蛙被放到地上。

唉，我們的事一定會在城裡傳開吧。

這下可沒辦法祕密行事了啊……

＊　＊　＊

一旦到了這個季節，山裡晚上就會變得很冷，我蜷縮在睡袋裡打著冷顫。

篝火燒得劈啪作響。

我把自製懷爐放到睡袋裡，那股溫暖令我鬆了口氣。

這座山離世界盡頭之壁很近，從北邊刮下來的風尤其冷。

「好想念被窩啊。」

我應該從來沒有這麼想家過。

之前計畫過要在山上蓋一棟小屋，在山裡住個兩、三天也能提高採藥草的效率；不過現在已經沒有那種打算了。

因為我想要盡可能回家。

「原來如此，這就是所謂的找到歸宿嗎？」

想著有莉特在等我的那個家，我沉入夢鄉。獨自睡在山上，儘管帶著懷爐，感覺卻比去年要冷得多。

隔天我也在山中採藥草，天色暗下來就下山。

趁現在沒人，就施展「雷光迅步」以最大速度跑回佐爾丹吧。

我在夜路上全力朝佐爾丹疾奔回去。

「喂！」

我喊了一聲後，打算關閉城門的門衛回過頭來。

「什麼嘛，這不是雷德嗎？你採藥草回來了喔？」

「對啊，讓我進去吧。」

「很麻煩耶，你從那邊的圍牆翻進去啦。」

「我才不要咧，這樣麻煩的就是我了。」

儘管嘴上開著玩笑，門衛還是停下關城門的動作等了我一會兒。佐爾丹的城牆是只有兩公尺高的石砌牆，想翻就翻得過去。

沒趕上門禁的冒險者會偷偷翻牆進來，但衛兵都佯裝沒看到，默許這樣的行為。

這在其他都市是大問題，不過在佐爾丹只要笑笑就沒事了。

「雷德，你很會算時間趕在最後一刻回來耶。」

「因為我很守規矩啊。」

「真的守規矩就提早回來啦！對了，我也要下班了，待會要不要去喝一杯啊？」

「呃，抱歉，我得回家。」

「啥，很無情耶，難道老婆比我還重要嗎？」

「這不是廢話嗎？」

「你別一本正經地回這種話啦……這樣吧，真的只喝一杯怎麼樣？」

「這……確實很久沒喝了。好吧，在小攤喝一杯就走喔。」

維繫友誼也是很重要的，但我沒有晚歸的打算就是了。

我們從城門來到港區和平民區的交界處，走進一家總是在這裡擺攤的「黑輪」攤。

「歡迎光臨。」

裡面是一個邋遢阿伯……才怪，是一個身材苗條的銀髮高等妖精。

之前那位老爹已經一把年紀，有一次他嘀咕著差不多該把店收一收了，結果這名高等妖精歐帕菈菈就提議：「我不希望這家店消失，那就讓我來操業吧！」

老爹長相粗獷卻格外不會應付美女，拒絕了三十秒左右，最後還是敵不過歐帕菈菈的熱情。後來便兩個人一起拉著攤車，現在則幾乎都是歐帕菈菈自己在擺攤。

看著她，我就想起過去的夥伴——高等妖精亞蘭朵菈菈。雖然她們兩人的胸部大小差很多就是了。

高等妖精這支種族是現今阿瓦隆大陸上除了人類以外唯一具有正式王位的種族，國名為祈萊明王國。

以住在鬍子爵士山的矮人王為例，正式來說是擁有伯爵爵位的領主，鬍子爵士山也不過是伯爵統轄下的自治領。

在阿瓦隆大陸上，只有人類和妖精能夠建立真正意義上的王國，而不是拱一個領地的頂點人物為王。

因此，她們才會自稱是高等妖精——高貴的妖精。

人類不疑有他地使用了高等妖精這個稱呼。然而，過去稱霸阿瓦隆大陸的木妖精後裔半妖精，以及失去文明但被視為古代妖精直系的野妖精，會稱呼她們是都市妖精（Urban Elf）。

不過，我和其他人一樣都是稱為高等妖精。

畢竟我是人類，而且用都市妖精這個稱呼通常會惹她們不開心。

高等妖精基本上表裡如一，總是實話實說。

不開心的話，高等妖精會毫不留情地強調自己被剛才那番話傷到，所以某方面來說不太好相處，某方面來說又很好相處。

當然這一點因人而異，表裡不一的高等妖精也很多。

她們不是不會說客套話，只是不想說而已。實際上說起客套話來，甚至比人類還更加狡詐。

團長經常說：「祈萊明的王族尤其不能相信。」

就這一點來看，亞蘭朵菈菈為人坦率，非常好相處。她現在應該還在和露緹他們旅行吧。這趟旅程想必很艱辛……但願她一切安好。

「我要白蘿蔔、牛筋、雞蛋和魚餅，還有啤酒。」

門衛一邊指著漂浮在四角形鍋中的食物一邊點菜。

「那我要白蘿蔔和香腸，啊，再來個竹輪，然後一小杯啤酒。」

「好！」

歐帕菈菈中氣十足地回應，嗓音和其他高等妖精一樣脆亮好聽。

她熟練地把食物裝在木製盛器裡。

「對了……」

把盛器遞給我的時候，歐帕菈菈看到我放在地上的藥草袋，便像是突然想起什麼似的說道：

「雷德老兄，你已經不賣黃芥末了嗎？」

她在接下攤位之前都是叫我雷德先生，現在連稱呼都模仿起老爹了，高等妖精還真是追求完美。

「喔～因為我上山的次數沒之前多了，辛香料我就只搜集自己需要的數量。」

「好可惜啊，城裡的供貨很不穩定呀。」

黃芥末在交易所的行情是一公斤5佩利左右，從交易所流通到市場上會更貴。雖然和黑輪搭配起來很好吃，不過當然是要收費的。

所以我和門衛都忍著沒點。然而，這時出現了一名少女。

「歡迎光臨。」

「我要白蘿蔔、牛筋、四個竹輪，還有黃芥末。」

「好！」

接過盛器後，少女將小碟子上的黃芥末毫不保留地倒進去。

這種吃法，是黃芥末不夠的話再追加就好的國王作風！

太強了！

而且點了四個竹輪也很猛，看來她相當愛吃竹輪。

不過，我還是第一次看到這個女孩子。個子小歸小，身體卻鍛鍊得很精實。

附兜帽的黑衣有著旅行時造成的破損，但質料很好。

她腰間佩戴一把短劍，衣服裡兩側腋下還有三把投擲小刀。

投擲小刀經魔法強化並附帶某種特別的效果，另外還有隱匿其形體的隱匿魔法。

衣服的內側也縫著用祕銀製成的鎖子甲。

裝備著重實用性，並且為了低調還特地偽裝成常見的款式。

這個女孩子很精明，應該是習慣旅行的冒險者……不過氣息很薄弱。

應該是在從事必須隱匿氣息的工作吧。

盜賊、間諜……或者是殺手之類的。

這時，少女轉頭看著我。

「有事嗎？」

「啊，不好意思，因為之前沒見過妳，所以有點好奇，而且妳還出手闊綽地點了黃芥末。」

「吃黑輪一定要配黃芥末。」

「我也希望自己有那個財力說這種話啊。」

我不過是瞥了她一眼，她就察覺到我在注意她嗎？這可相當不得了，她究竟是何方神聖？

就在此時——

「妳是昨天的！」

門衛看到少女的長相後，便這麼叫道。

「怎麼？你們認識喔？」

「雷德！說出來保證你嚇一跳。她的同伴用一隻手就把在城門附近泥巴裡冬眠的肥蛙拉出來，然後用破爛的哥布林大劍使出前所未見的武技把牠給幹掉了！」

少女的臉頰抽動了一下。

看來她不太想談這件事。

不過，她似乎屬於表情變化不明顯的類型，所以門衛渾然未覺。

「那位小姐叫什麼名字來著？露……露特？」

「是露露。」

我原以為她不會接話，但可能是不喜歡同伴的名字被唸錯，於是她出聲糾正。

「噢，對對對，是叫露露！這位旅人姑娘，我記得妳叫媞法吧？如果妳們打算長期滯留佐爾丹，我建議妳們去一趟冒險者公會，畢竟這裡一直都很缺身手厲害的冒險者。那隻肥蛙也是，牠結束冬眠就會威脅到居民安危，公會還發出了討伐委託，但完全沒人要接啊。」

別看上級巨蛙長那樣，牠可是很難纏的魔物。

牠會用靈活的舌頭逮住獵物咬上來。

儘管外觀滑溜溜的，那如同剃刀一般鋒利的牙齒能夠輕鬆咬斷鎖子甲，就算咬不斷，以牠的習性也會直接把獵物吞下去，實在不好對付。

D級冒險者根本不是牠的對手，C級冒險者就算有組隊也不能大意，就是這麼麻煩的魔物。

單槍匹馬就能幹掉上級巨蛙，看來那個叫做露露的旅人至少有C級前半到B級之間的實力。

被稱為媞法的少女瞥了眼喋喋不休的門衛。

「喂，好了啦，沒看到人家很為難嗎？」

「咦？是嗎？」

「是啊，她可是一個人來吃黑輪的。」

媞法點點頭，門衛則一臉尷尬地撓了撓頭。

「抱歉啊，一不小心就說得激動了。」

「沒關係。不好意思，剩下的我想帶走，可以幫我打包嗎？」

說完，媞法站了起來，從歐帕菈菈手上接過剩下的黑輪以及追加的竹輪和蒟蒻後，就離開了。

「看吧，惹人家生氣了。」

我一邊說著，一邊將杯子裡的啤酒喝光。

「那我也要回去了。」

「啥，再陪我喝一杯啦，我不小心惹旅人生氣了，你都不安慰一下喔？」

「我才不要咧。」

「呿，歐帕菈菈！我也要竹輪！」

「啊，也幫我打包竹輪、白蘿蔔和雞肉，我要帶回去給莉特。」

我將一枚四分之一佩利銀幣和幾枚銅幣放在吧檯上。

＊　＊　＊

媞瑟怕被跟蹤，繞了好幾次路才回到港區的旅館。

「怎麼了？」

大概是注意到媞瑟的樣子，露緹這麼問道。

「勇者大人，請小心一點。佐爾丹好像也有很麻煩的傢伙。」

「麻煩的傢伙？」

「是一個年輕男子。雖然只說了幾句話，但他已經發現我的鎖子甲和小刀了。」

說完，媞瑟指了指縫著祕銀的衣服，以及藏在衣服下的小刀。這些裝備全都經過精密計算，哪怕再激烈的動作，連細針落地般大小的聲響都不會有。

別說一般對手，即使是擁有「搜查官」和「偵探」加護的人，媞瑟都有自信不會被發現。

「但是，那個人看穿了。他的實力很強，恐怕跟我不相上下。如果情況對他有利，我可能不會有贏面。當然，勇者大人就另當別論了。」

儘管和勇者一比就相形見絀，但媞瑟好歹是艾瑞斯挑中的夥伴，在殺手公會也是最優秀的高手。她在這種事情上是不會謙虛的。

她只是如此判斷而已。

因此，她認為那名男子在她至今為止遇過的對手之中，也能算是最上級的勁敵。

「那種高手不可能隱居於民間，他恐怕是佐爾丹最強的冒險者。」

「我在酒館聽說佐爾丹現在最強的人是一個叫畢伊的B級冒險者。」

「那是表面上的說法吧。那男的舉手投足之間透露著文質彬彬的氣息。我猜……他以前應該曾在騎士團學過正規禮儀。」

「騎士團……」

露緹腦海中掠過一個熟人的臉龐。

不過，這世上多的是騎士，昨天在橋上遇到的那個誰誰誰也自稱是騎士。露緹否定了自己的想法。

媞瑟沒有察覺到這一點，繼續說道：

「他大概本來是騎士，或是在對抗魔王軍前線中身經百戰的勇士吧。可能有過什麼不光彩的過往，才會流落到邊境。冒險者就算背負一、兩個汙點也不會有人在意，但換作騎士的話，那就會給整個騎士團帶來麻煩了。」

「這樣啊。」

「但不曉得具體情況就是了……」

媞瑟稍作思忖。

「這只是我的猜測，他可能是年少有為而遭到上司忌憚，不得已之下只能拔劍砍殺對方之類的吧。有那種本事的人，我不覺得會因為簡單的過失而逃到這裡。」

「嗯。」

媞瑟解下掛著短劍的腰帶。

她在床上坐下之後，深深地嘆了一口氣。

「佐爾丹根本沒什麼有真本事的冒險者，最強的冒險者也才B級而已。我都納悶起他們是怎麼擊退上級惡魔的了。」

媞瑟從審問過亞爾貝的艾瑞斯那裡，聽說了一點佐爾丹發生的事情。

上級惡魔和B級冒險者合謀作亂，結果被某個厲害的冒險者阻止了。

然而，就目前在佐爾丹打聽到的消息來看，解決那起事件的是正在旅行的冒險者和衛兵，而那個冒險者現在被登錄為B級。

「這些只是公布給大眾的資訊，真正的英雄應該是那個男人吧。這麼一想，他會和門衛在一起是為了得到這座城市的旅人情報。在我離開之後，他也立刻就走人了，想必是在警戒我。喝酒不用大酒杯而是用小杯子，也是平時就在警惕自己要隨時能夠行動自如。保持無處不是戰場的心態，連名譽都不屑一顧，只是以自己立下的成就為榮，正可謂是真正的英雄呢。」

媞瑟已經作過反省，在這趟旅途中把幫助勇者當成苦差事的自己真是太天真了。

勇者的旅程不可能那麼輕鬆。即使是在邊境佐爾丹，勇者的面前依然會出現巨大的阻礙。

「勇者大人，我們必須決定好方針。」

「方針？」

「看是要和那個男的合作還是為敵。我認為騎士和勇者的思維應該會比較接近。」

「這有困難。我在尋找的鍊金術師似乎在監獄的病房裡。」

「監獄嗎？」

看來露緹也有在打聽消息。

媞瑟雖然有點擔心會引起騷動，但從沒有任何人提及來看，應該是沒有發生什麼事。打聽消息這種事勇者以前也做過。

雖然她的打聽方法只是拍拍對方肩膀交談而已，但比起交涉，她看起來更像是在施壓就是了……

露緹從契約惡魔身上得知畢格霍克的親信鍊金術師有在從事藥物生產。

但她服用惡魔加護後，那個契約惡魔就不再透露一字一句，所以露緹始終沒辦法探聽到鍊金術師的名字和外貌……

她查到畢格霍克的親信全被打入大牢，而與那個鍊金術師條件吻合的對象在發生騷亂時被砍傷肩膀，目前正在監獄的病房裡療養。

「既然要隱瞞勇者的身分，就不能透過交涉來保釋鍊金術師了。」

「是呀……那要越獄嗎？」

「沒錯。」

「這下就要和整個城市為敵了，還有那個男人。」

「要不要我直接去找他？」

找到他之後幹掉。媞瑟認為她有這樣的言外之意。

「……勇者大人當然不會輸。雖然不會輸，但他應該也對落敗的情況有所準備才對。沒有把他的底細調查清楚就去見面會很危險。」

「是嗎？」

勇者微微偏過頭，不過也同意了媞瑟的說法。

若要責備媞瑟警戒過度就太苛刻了。

實力與自己相近的對手竟然只想要悠閒享受慢生活，這對於見多了野心家和陰謀家的媞瑟來說，太過違背她的常識。

儘管夜深了，她們還是花了很長一段時間討論今後的計畫。

至於憂憂先生則在這段期間折起自己的腳，在媞瑟的包包裡進入了夢鄉。

* * *

隔天——

露緹繼續在佐爾丹城中打聽消息。

（現在需要的是……）

走在北區的街道上，露緹的意識中出現了一個男人的幻影與她並肩同行。

（這麼說來，雖然只要搞清楚那個鍊金術師被關押的房間位置就好了，但不一定能那麼剛好就找到熟悉監獄內部的人，而且也會遭到懷疑。我和妳還不了解這個城市，也沒有認識的門路，只能到現場再調查了吧。）

（嗯，現在確實沒有足夠的時間去打探那個，就照平常那樣去做吧。）

男人儘管年輕，卻是身經百戰的騎士。

不到十歲便加入阿瓦隆尼亞王國的精銳軍巴哈姆特騎士團，在國內外創下無數戰功的英雄——吉迪恩．萊格納索。

露緹的劍術和旅行相關知識都是哥哥吉迪恩教導的。除此之外，還有打聽消息的基礎、鑑別資訊真偽的訣竅、野戰和攻城戰的知識等，吉迪恩以溫柔但不失嚴格的教法仔細地傳授給露緹。

即使現在她的實力已遠遠超過吉迪恩，但思考哥哥會怎麼做依然是她進行調查時的基礎。

（現在需要的是監獄一天的行程表，還有病房大樓的位置。行有餘力的話，最好也要掌握住病房大樓內工作人員的大致人數。）

（我也是這麼想的。我傍晚前會到監獄附近聽一聽那裡的聲音。）

（畢竟露緹的知覺能力可以透過腳步聲來掌握住內部人員的位置和行動嘛，這是個好主意。）

吉迪恩笑了笑……然後就消失了。那是露緹的意識所創造出的幻影。

剛才吉迪恩的笑容，只是因為露緹希望他能笑，他才展露出的……空洞笑容。露緹覺得內心憋得發慌，彷彿過去被「勇者」壓抑住的情感正逐漸從杯子中滿溢而出。

（好想見他。）

她有千言萬語想要說給他聽。她現在能傾訴的東西遠比之前更多。

無能為力地站在原地放任哥哥離去的傷心事，不會再發生了。

（不是想見他，而是要去見他。）

露緹的決心導致空氣劈啪地扭曲起來，周圍的小鳥和野貓們受驚似的哀鳴逃竄。

四下無人或許該說是值得慶幸的一點吧。

＊　＊　＊

雷德&莉特藥草店的作業場——

早上來店的人潮變得稀稀落落後，我就用研磨缽搗起了藥草。

最近佐爾丹附近的幾個村莊和聚落似乎都有感冒流行。

因此我們接到了旅行商人的感冒藥訂單，庫存一下就賣光了。

不過，這也表示很多人都在飽受病痛的折磨，實在讓人開心不起來。

我所能做的，只有像這樣調合藥品補充庫存，讓藥能夠迅速地交到每一個需要的人手上。

「雷德。」

有人喊了我的名字，我便停下調合的手轉過頭去。

只見脖子上纏著紅色方巾的莉特正用雙手抱著四個皮袋。

「那是什麼？」

我站起來接過兩個皮袋，晃了晃袋子，裡面的液體發出咕咚咕咚的聲音。

「是酒嗎？」

「嗯。」

隨著一道高亢的嗓音，一個長著翅膀的小小影子從莉特背後飛了出來。

「這可是鮮紅色的葡萄酒唷！」

「是仙子龍啊。」

她的鱗片基調是綠色，但反射著從窗戶照進來的陽光發出七彩光芒。從嘴巴微微吐出的舌頭宛如火焰一般赤紅，四肢前端都長著銳利的鉤爪，尾巴正搖來晃去。

儘管有著龍的外表，背後長出的翅膀卻是色彩鮮豔的蝶翼，而且她只有一隻小貓咪那麼大。

仙子龍拚命拍動蝶翼繞著我飛來飛去。

「你好！」

「妳好啊，小仙子，我叫做雷德。」

「我知道唷！我叫做珂爾克露露！」

「妳是珂爾克露露啊？請多指教。」

仙子龍雖然長得很像龍，但種族並不是龍，而是仙靈(Fay)。佐爾丹附近看不到什麼仙靈，但並不是完全不存在。

來到佐爾丹之後，我沒有像這樣和他們交談過，但和露緹一起旅行的時候，我們去過仙靈的村落尋找魔法道具，也曾替仙靈愛搗亂的村莊解決過問題。

儘管很辛苦，不過相較於魔王軍和魔物引起的血腥事件，倒也令人會心一笑。我還記得當時被狠狠捉弄了一番，最後看到達南從頭到腳淋了一身水，忍不住爆笑起來。

「所以妳有什麼事嗎？」

「就是啊……能不能請你救救我們呢！」

「仙靈的村落好像在流行原因不明的疾病。」

莉特補充道。

原來如此，那麼這些皮袋裡裝的就是診療費和藥費了吧。

仙靈釀的酒很稀有，市價和有名的高級葡萄酒不相上下。

「雖然不曉得能不能幫上忙，但總之先讓我看看病患吧。」

聽到我這麼說，仙子龍開心地「唔哇」了一聲。

* * *

從佐爾丹騎著莉特用精靈魔法召喚出來的精靈巨狼(Spirit Dire Wolf)出發後，大約過了四個小時。

我們在遠離官道的泥濘溼地前進，來到一片看起來人跡未至的草原，在漂浮著荷葉的湖邊發現了仙靈的村落。

「歡迎、歡迎！」

坐在我頭上的仙子龍用高亢的嗓音開心地這麼喊著。

聽到仙子龍的叫聲，好幾個嬌小的影子從倒樹後面飛了出來。

「珂爾克露露回來啦！」

「我回來了！我把雷德帶來了唷！」

「耶！」

除了仙子龍之外，還可以看到有著透明薄翼的皮克希，以及長著一顆大腦袋、身高五十公分左右的小粽仙。

話說回來，為什麼這些仙靈都認識我啊？

來佐爾丹之後，我想自己應該沒有和仙靈說過話才對。

「這裡就是仙靈的村落喔。雷德你看，那邊的大蘑菇上面有玻璃窗耶！是把水滴拉得又薄又長，看起來就像玻璃一樣呢！」

莉特饒富興味地眺望著小村子。

「洛嘉維亞沒有仙靈的村落嗎？」

「有聽其他人說過，但一般不可能被邀請到仙靈的村落啦，住在老舊屋子裡的小粽仙倒是有看過。」

看著小仙子們親暱地在周圍飛來飛去，莉特看起來很開心。

莉特的加護「精靈斥候」具有操縱精靈魔法的力量，許多仙靈同樣會使用精靈魔法，或許雙方很合得來。

不過，仙靈不知為何很討厭大山脈——世界盡頭之壁，所以我以為在佐爾丹附近是看不到他們的，沒想到竟然有這樣的村落。

「我們討厭那座山！所以住在河的另一邊！」

我一問之下，身邊一個皮克希便這麼答道。

看來隔著一條河似乎就沒事，這其中可能存在著某種魔法方面的意義吧。

雖然我想慢慢研究，但我們並不是為此而來的，於是我輕輕搖頭，將注意力集中在工作上面。

「好，開始工作吧。」

在仙靈的引領下，我和莉特來到一棵倒樹之處。

我們穿過倒樹上的一扇小門，內部竟然和普通民居一樣寬敞，不知是否是仙靈的魔法造成的。

「這個太可愛了吧！」

莉特注視著旁邊一個小巧又圓潤的白瓷水壺，看起來像是給小孩子用的。

這時，水壺那充滿光澤的白瓷壺身變成了紅色。

「咦？」

這個變化把莉特嚇了一跳，而水壺像是被盯著而感到害羞似的扭動起白瓷壺身，從壺嘴噴出了白色熱氣。

飛在莉特身邊的皮克希發出歡快的笑聲，然後用雙手抱起水壺，把熱騰騰的茶倒在其他皮克希拿來的小杯子裡。

「請用！」

「謝、謝謝。」

小仙子們像是對莉特的反應感到有趣，在她周圍嬉鬧了起來。

這樣的景象令人會心一笑，但我還是催促著莉特走進隔壁的房間。

「抱歉，不過仙靈的村落真的很驚人耶。」

「他們知道我們是來看病的才會這麼安分，平時可是會把人整得喘不過氣來喔。」

「的確，只是這樣就不會無聊了呢。」

「沒有他們的邀請是很難進來這裡的。」

艾瑞斯應該可以靠魔法強行闖進來，但仙靈們會為了驅趕不速之客而做出「真正的惡作劇」。

「在這邊！」

帶我們來這裡的仙子龍在通往隔壁房間的門前揮舞著小手。生病的仙靈應該就躺在這間房裡吧。

我和莉特走進房間，這個房間看起來像是給人類用的。

圓潤可愛的衣櫃和桌椅都是木製的，沒什麼特別之處。只有牆上的燭臺掛著裝有會發光的陽光蟲的瓶子，而不是蠟燭。

「我把雷德帶來了。」

仙子龍用高亢的嗓音這麼叫道，飛向靠窗的床。

躺在那裡的是六個皮克希，以及一個美得幾乎要發光的少女。

「這可真教人吃驚。」

那是溫蒂妮，被稱為四族大仙子的一種仙靈，是水之大仙子（Arch Fay）。

如同其稱呼是強大的仙靈，一般來說會住在所謂的祕境；沒想到居然住在如此靠近人類的地方。

「歡迎來到我的小池塘。雷德先生，還有莉特小姐，真高興見到你們。」

床上的溫蒂妮慵懶地撐起上半身。

她身上的毛毯滑落下來，曲線姣好且晶瑩剔透的胸部晃動了一下。

相傳從前有個渴望見到溫蒂妮的畫家，在歷經一番驚險後如願見到她，卻因為她實在太美而導致雙目失明。

看到眼前溫蒂妮的模樣，我便明白：那宛如美術品的優美體態會留下這樣的傳說並不奇怪。

話說，她竟然沒穿衣服啊。不過，畢竟有的仙靈有穿衣服的習慣，有的則沒有。例如在場的皮克希就是裸體，而小棕仙就穿著布衣。

「雷德！」

背後傳來有些惱火的聲音，接著莉特的手就遮住了我的雙眼。

「溫蒂妮小姐倒是穿上衣服啊！」

「哎呀，真是抱歉呢。」

變暗的視野另一端傳來溫蒂妮那像是充滿歉意，又像是因為意外整到人而感到開心的孩子氣嗓音。儘管是大仙子，但個性和一般仙子似乎沒什麼兩樣。

「真是的！」

莉特從剛才就氣噗噗地把胸部壓在我的背上。

「莉特，溫蒂妮是很美，但要比喻的話，那種美就像是藝術品一樣，儘管令人震撼，但也僅此而已。而我對妳的感情是屬於戀人的那一種，所以，該怎麼說才好，妳這樣壓在我背上會讓我很慌，拜託放手。」

「真的嗎……那好吧。」

莉特還是有點賭氣，但總算是願意放開我的雙眼和後背了。

床上的溫蒂妮用薄布纏住自己的身子，似乎是用魔法變出來的。

「哎呀呀。」

我看著鼓起臉頰的莉特露出苦笑。其實莉特吃醋的樣子還滿可愛的，我都不禁害羞了起來。

「話說回來，既然是水之大仙子，我獨自行動的模樣一直都被妳看在眼裡嗎？」

所以她才會指名我過來吧。溫蒂妮點了點頭。

「不過，並不能說是一直。高手如你的行動即使是我也很難全部察知，我看到的只是你望著水面時的記憶而已。光是如此就足夠證明你是一個非比尋常的存在。」

「畢竟加護等級很高是我唯一的可取之處啊。」

我撓撓後腦杓，感到不知所措。

沒想到自己有一天會受到溫蒂妮稱讚。我時時都在提防探知型的技能和魔法，殊不知連看著水的時候也會中招。

「那就先讓我診斷一下病情吧。」

重振心情後，我逐一為溫蒂妮和皮克希們診斷起來。

「你們的症狀是什麼？」

「請看這個。」

聽到我這麼問，溫蒂妮便把自己的臉湊過來，我們的嘴唇幾乎都要碰到了。她的眼睛不是莉特那種天藍色，而是如同水底一般彷彿會將人深深吸進去的藍色。

「妳！」

背後的莉特感到很氣憤。這個仙靈是故意這麼做的吧……真是的。

不過，她似乎也不是單純想惡作劇。我立刻就發現她的身體狀況不對勁。

「妳的眼睛下方有淡淡的黑眼圈呢。」

「就是說呀！我的臉竟然會出現瘀青，太不敢相信了！」

溫蒂妮難過地垂下眉梢。

「黑眼圈？」

我和溫蒂妮的對話讓莉特歪頭不解。

「仙靈也會和人類一樣長黑眼圈嗎？」

「畢竟仙靈和人類、妖精，乃至大多數魔物一樣都是血肉之軀啊。不過，仙靈的生命力的確比人類強，一般來說不會發生長黑眼圈這種血液循環不良的症狀。」

仙靈們的狀況不正常，換句話說，就是「生病」了。

「身體有什麼異狀嗎？」

「感覺非常沉重，簡直像變成一坨泥似的。」

「飛起來好累。」

「覺得惡作劇好麻煩。」

「花蜜不好喝了。」

溫蒂妮和皮克希們紛紛說道。

這些症狀跟倦怠症好像。

當然，就算他們是仙靈，連續好幾十天不眠不休地工作的話，也是會感到倦怠乏力……但除非受到脅迫，不然不會有人拚成那樣。保險起見，我向他們確認了一下，他們說只是像平常一樣玩樂而已，沒有什麼頭緒。

我集中精神發動加護的技能。

「原來如此。」

「急救」專精技能：「臨場神醫」。

有這個技能，只要看到病人和傷患，就算不清楚病因也能得知緩和症狀的方法。

「需要心癒藥來緩和症狀。治療精神傷害的藥似乎可以發揮作用。」

「精神傷害？」

「我也受過心靈痛擊和遺忘等魔法造成的精神傷害，但會引發疾病相當罕見。」

「臨場神醫」是具備高等固有技能的加護持有者尚未到場時，用來爭取時間的技能，能夠得知緩和症狀的方法，在一般診察上也是很有幫助的資訊。

「你們是同時出現症狀的嗎？」

「是的。」

「在場仙靈們的加護等級該不會比其他仙靈還要高吧？」

「沒錯！你怎麼知道呀？」

果然是這樣。

「首先令我納悶的是，力量最強的溫蒂妮怎麼會最先出現症狀，而且仙靈中倒下的全是比較高階的皮克希，反而小棕仙和仙子龍沒有發病者，這一點也不太對勁了。不管是什麼病，最不容易生病的人先倒下根本不合理。」

聽到我這麼說，莉特恍然大悟地應聲附和。

「所以說，這並不是病毒感染所引發的疾病，而是針對強者發動的魔法……可能更接近詛咒這一類吧。」

「詛咒？」

「我想應該是奪取精神力的詛咒。由於被奪取的精神力多於恢復量，你們的身心才會出現異狀。」

溫蒂妮請仙子龍拿來一個裝著水的杯子。接著，她用指尖輕觸杯中的水，水一下子就灑向周圍。

隨後，水發出啪滋聲響，蒸發掉了。

那應該是仙靈用來探查詛咒的技能吧。

「什麼時候中了如此強力的詛咒……我竟然毫無所覺。」

「就是夠強又夠精妙，才會連溫蒂妮都察覺不到吧。不曉得究竟是誰下的詛咒。」

即使用藥恢復了精神傷害，只要詛咒還在就無法痊癒。當下能夠想到的應對方法是除掉詛咒的源頭，不然就是張開結界讓詛咒無法波及過來。然而……

「很抱歉，我沒辦法反向探查詛咒，也沒有能力張開足以保護身體不受強力詛咒影響的結界。」

「我是會幾種結界魔法……不過我的魔法是精靈魔法，仙靈們應該能夠施展更強的魔法才是。」

莉特固然是英雄級的戰士，但魔法和詛咒並不是她的強項。在這塊領域上，從前的夥伴「十字軍」蒂奧德萊或擁有「治癒之手」的露緹應該更在行。

「不能用溫蒂妮小姐的力量想點辦法嗎？」

「不行。一方面是因為詛咒奪走了我的力量，而且這個詛咒比我的力量還強。」

「佐爾丹竟然有比大仙子更強的存在啊？」

莉特的加護似乎正在隱隱鼓動，她的語氣聽起來有點期待。

不過，她很快又恢復冷靜的表情，輕輕甩了甩頭，驅散加護的衝動。

「消滅源頭並不是藥店的工作。」

我坦白地告訴溫蒂妮。

「這樣啊……」

溫蒂妮看起來很失落。

「但是，有一種藥能夠讓這個詛咒失去作用。」

大仙子感到震驚時似乎也會瞪大眼睛。那張精雕細琢得不似凡人的臉龐，如同稚嫩少女一般不斷變換著表情。

「詛咒和夢魘的魔法具有相同的效果。既然如此，只要用夢散藥來防止作夢，應該就不會被吸走精神力了。」

如果沒有身為詛咒專家的高等級「巫師」或「薩滿」的加護，要製作阻擋詛咒的藥相當困難。我雖然知道如何製作解除這個詛咒的藥，但那個藥是無法靠通用技能「初級調合」做出來的。

然而，以治療疾病的藥物而言，有些藥雖然無法祛除疾病的病原菌，但還是能夠抑制疾病引發的症狀，藉此消除疾病產生的負面影響。同樣的道理，即便我們拿強力詛咒本身沒辦法，也可以讓詛咒帶來的負面影響失去作用。

「巫師」之類能夠使用詛咒的加護，大部分都具有趨向隱密行事的衝動，因此沒什麼這方面的研究。

我也因為詛咒資料很少的緣故，調查起來費了相當大的一番工夫。

要不是能使用騎士的權限進入都市的圖書館和領主的書庫，我在詛咒這方面大概還是一個門外漢吧。

「重現魔法進行妨礙的都是一般詛咒，靠這個藥應該能避免精神力被吸收。」

「真的嗎？」

「對，今晚就可以嘗試看看。現在有三天份的藥，也幸好皮克希需要的藥量很少。

剩下的我回到店裡再調配，你們明天再來拿吧。」

我從藥箱裡拿出藥和秤藥的天秤，俐落地按人數分裝藥粉。

「這邊的是夢散藥，這邊的是心癒藥。夢散藥最好在睡前一小時吃，不過仙靈好像沒有固定的睡覺時間，總之睡前吃大概就沒問題，而心癒藥目前吃一次就夠了。只要斷開詛咒，以仙靈的精神力而言，應該能夠自然痊癒。你們就把這些當作是緩解當前身體不適的藥吧。」

「會苦嗎？」

坐在小小病床上的皮克希一臉擔心地問道。

「唔～會有一點點苦吧。」

「我不要吃。」

「但不吃的話，身體就會一直這麼不舒服喔。」

「我也不想要這樣！那我會努力吃藥的！」

得知能夠治癒病症，皮克希們就嘰哩呱啦地喧鬧了起來。明明藥都還沒吃，真是活力十足啊。

「我猜下詛咒的人擁有強大的加護，但並不是詛咒專家，可能是用了魔法道具吧。我們也會向冒險者公會回報這號人物可能潛藏在佐爾丹裡。」

畢伊應該有辦法解決吧？雖然我不是很了解他，但從畢格霍克事件中打過照面的印象來看，他的實力在佐爾丹似乎超出了一般水準。

「嗯，現在的冒險者公會總會有辦法解決的吧。」

莉特也點頭這麼說道。

莉特大概比我更了解畢伊這個人，她應該認為畢伊的實力足以與超越大仙子的對手抗衡吧。

唔，雖然我沒資格說別人，但這麼厲害的人怎麼會跑來佐爾丹啊？

想到這裡，猶如春天的清澈小溪一般令人心曠神怡的涼爽感緊緊包圍著我，打斷了我的思緒。

「謝謝雷德先生！」

回過神來，溫蒂妮已經從床上跳起來抱住了我。

「這個病真的太折磨人了！倘若不是有你的幫忙，我們早就像乾涸的湖泊一樣綻裂開了！」

看來這次不是出於惡作劇，而是純粹的感謝。也許是明白這一點，莉特儘管噘著嘴，但沒有多說什麼。

即便如此，我還是輕輕推開吻上我臉頰的溫蒂妮。

溫蒂妮似乎也稍微冷靜了下來，她有些不好意思地笑了笑。

＊　＊　＊

「隨時都可以來玩唷，也歡迎你們搬來這裡住。」

「一起生活吧！」

「住久就習慣啦。」

「每天只要開心玩耍就好了唷。」

小仙子們繞著我們飛來飛去表達感謝之情，並發出了盛情邀請。

「你們的好意我心領了，但我和莉特的家在佐爾丹。」

「真可惜，被甩了呢。」

溫蒂妮已經恢復平常的樣子，露出調皮的微笑，而我則回以苦笑，和莉特離開了仙靈們的住處。

我們一起騎上再次被召喚出來的精靈巨狼，朝位於河川上游的村子出發，而不是返回佐爾丹。

「村子裡流行的感冒症狀，應該和仙靈們的詛咒是一樣的。」

儘管莉特幾乎不再從事冒險者的工作，但以前建立的情報網依然留著，她還是能大致掌握住目前發生在佐爾丹的事情。

如果莉特的推測沒錯，那感冒藥也不管用了。這個詛咒令人討厭的地方在於它是慢慢讓人愈來愈衰弱，不知情的人會以為自己只是身體變得有點差，當作一般感冒看待。

佐爾丹應該有能夠識破詛咒的人，只是不可能會特地大老遠地跑來村子看病。不過，應該可以在疫情變得更嚴重之前準備好藥，暫時不用擔心了。

「話說回來，真沒想到有機會去仙靈的村落呢。」

「皮克希他們非常喜歡妳呢。」

「但溫蒂妮小姐太過分了啦！她竟然拿我的……那個……那種反應來作樂！」

「吃醋？」

莉特沒有回答，而是捏了我的大腿一把。

「疼疼疼！」

「真是的！我當然很清楚啊……雷德是不會出軌的。可是，我這個人就是比較情緒化……就算腦中清楚，心裡還是亂糟糟的。」

莉特在生氣，同時似乎又有些沮喪。

「和雷德交往的可是我，原本想表現得更大器一點的……」

我緊抱住莉特垂下肩膀的後背。

「妳的個性我清楚得很，之前和亞蘭朵菈菈在幻惑森林的時候就很可愛啊。」

「啊嗚！」

莉特怪叫了一聲，身體抖跳了一下。也許是想起了當時的情景，可以從髮間看到她的耳朵逐漸染紅。

不過就像剛才說的，我清楚記得過去在洛嘉維亞和亞蘭朵菈菈重逢之後，莉特有一陣子心情都不是很好。

她在幻惑森林裡因為亞蘭朵菈菈而吃醋，難以克制自己的情緒，於是口氣變得很尖銳……但隱藏在背後的喜愛之情搔動了我的心，我並不討厭。

只是我當時也還沒有整理好自己的感情，所以無法理解這種愉快的搔癢感究竟意味著什麼……那時候的我也很青澀啊。

「包含這一點在內，妳的一切我都很喜歡喔。」

「喜歡！」

莉特的動搖好像也傳達給精靈獸，巨狼放緩跑速，朝我們瞥了一眼。我輕輕拍了拍巨狼的背示意牠放心，而牠則一臉拿我們沒辦法似的用鼻子「哼」了一聲，再次加快速度疾奔。

「……真的嗎？你不覺得我很麻煩嗎？」

「不管是當時的妳還是現在的妳，我都非常喜歡喔。」

「……嗯。」

莉特垂下頭一會兒，接著猛然抬頭看我。

「真、真拿你沒辦法，既然你都說到這分上了，我就不跟你計較溫蒂妮小姐的事了！你可要心存感激啊！」

莉特如此一口氣說完之後，像是要藏起通紅的臉蛋和上揚的嘴角似的，把額頭抵在我胸前。

「果然不該說出來的。」

「為什麼？明明這麼可愛。」

「啊嗚！」

以精靈巨狼的腳程，應該還要花一小時左右才會抵達我們要去的村子吧，有充足的時間讓我和莉特收拾好心情。

所以就讓我們再笨拙地膩在一起一會兒吧。

「欸，要不要再說一次？」

「我才不要。」

莉特把臉埋在我的胸口抗拒地搖了搖頭，這樣的她也很可愛。

到村子裡為病患診斷過後的結果，我確定他們的病果然是詛咒造成的。

之後我把藥分給村民，再到佐爾丹的冒險者公會回報詛咒一事。

公會起初還半信半疑，但這畢竟也是英雄莉特調查的結果，使得他們不得不信。懲治施咒犯人的工作會交給畢伊或其他冒險者解決。說到底，如果施咒的目的在於吸收精神力，那我把藥發出去讓詛咒失去影響力的話，施咒者或許也就會放棄了。

身為藥師，我在日落後也調配藥物交給佐爾丹當局。聽說其他醫生與藥店也有提供協助，這下應該沒問題了，我的工作到此為止。

今天的營業額不少，再加上仙靈給的葡萄酒，這陣子不斷刷新的營業額紀錄再次大幅提升。

有一種完成使命的成就感，令人想要暫時悠閒一陣子。

＊　＊　＊

隔天清晨——

一到冬天，離開被窩就會很痛苦，而且昨天還那麼忙，真想就這樣一直睡下去。

但是時間不等人，所以我一鼓作氣地掀開毛毯起身。

「早安。」

莉特難得比我早起，她似乎頂著大冷天去照顧庭院裡的藥草。

看到她的手指被凍得發白，我便伸手包住她的手。

都變得冷冰冰的了。

「好暖和唷。」

莉特坐在我旁邊笑了笑。她真的很勤奮。

儘管她沒有鍊金術或調合之類的製作技能，但她的精靈魔法不僅能促進庭院的藥草成長，也能驅趕害蟲，真的是幫了很大的忙。

而且身為公主的她受過禮儀訓練，溜出王宮後也在城鎮和形形色色的人打過交道。她能夠配合客人的類型拿出最適當的服務態度。

而莉特也是熟稔藥物的冒險者，甚至比一般藥師懂得更多。她能夠和客人說明用藥知識，例如有哪些不為人知的副作用，或者具備各種抗性技能的加護持有者服用後會發生什麼事。

由於是英雄莉特根據經驗所給予的建議，住在北區的冒險者們還會特地跑到我們店裡買藥。

為「備受期待的新人」艾爾指導劍術，也是讓莉特的評價蒸蒸日上的原因之一。

據說艾爾去冒險者公會進行登錄的時候，經常幫畢格霍克做事的惡質前輩冒險者趁他落單時纏上了他。

不過，艾爾運用矮小的體型將對方引入狹窄的巷子，僅憑一把未開鋒的練習用曲劍就把對方打趴在地上。

雖說「武器大師」和「鬥士」的加護有級別上的差異，但因為打倒了加護等級遠高於自己的對手，人們對艾爾的評價提高，並口耳相傳指導艾爾劍術的英雄莉特果然身手高強。

似乎也有很多冒險者和衛兵專挑沒有客人的時段，來買藥的同時順便徵詢她的建議。而莉特帶來的那些畫也很受到大家青睞。

曾經有中央區的貴族開高價求售，我們當然是拒絕了。不知是不是因為這樣博得好評，有時候會有和中央區居民一樣穿著好幾層衣服的客人來買藥。

新型麻醉藥也很受好評的樣子。

在「惡魔加護」的惡評影響下，人們更加注意麻醉藥的上癮性，剛好讓我的藥搭上了順風車。

懷爐也賣得愈來愈好。我都是早上接到訂單之後才開始調配，所以供貨量不多，但還是熱銷到我早上都得把櫃檯交給莉特打理。

營業額已經達到了我當初開店時根本無法想像的程度。

前幾天上山採的藥草可能很快就會用完。

莉特昨天建議我可以去找農戶簽約，建造一個藥草園。

雖然栽培藥草需要具備足夠的知識，但本來就是山上的野生植物，並不難照顧，熟練後培育起來就會很輕鬆。

不過，每單位面積的收穫量絕對比不上經過長時間品種改良的蔬菜，因此在買進價格上可能必須作出一定程度的讓步。

「就算這樣，也比跟冒險者公會買還要便宜吧？」

自從我不再賣藥草給冒險者公會之後，那邊的藥草庫存似乎就不夠，導致藥草開始漲價。話雖如此，冒險者向公會出售藥草的價格還是沒有變的樣子。

如果巧妙地運用這一點，應該可以賺到更多利益，但佐爾丹的冒險者公會好像沒什麼賺錢的熱忱。

「歡迎光臨。」

店裡傳來莉特的聲音。

我微微一笑，把店面交給莉特打理，專心做起眼前的調合工作。

＊　＊　＊

今天的午餐是披薩。

多虧有莉特顧店，我可以早點開始準備餐點。

我把早上備好的麵糰桿平，在上面仔細塗抹番茄紅醬。

「一直想嘗試看看海鮮口味的披薩呢。」

佐爾丹位於河口附近，海鮮的流通也很盛行。

首先把起司片鋪上去，接著放上去殼的花蛤、香腸，以及切成圓片的番茄。

然後再次撒上起司。

趁著用烤箱烘烤披薩的時候，我將農戶給的馬鈴薯磨成泥，做成濃稠的馬鈴薯湯。湯底是我用絞肉和蔬菜定期熬製的清湯。

剩下的香腸則用鹽調味，放在平底鍋上煎。煎得恰到好處的香腸因為熱度而鼓得圓圓的，我想說嘗嘗味道就拿起一根咬了一口，香腸便發出悅耳的清脆聲響。最後我用番茄和萵苣做了生菜沙拉。

做生菜沙拉很簡單，只需要把蔬菜切好即可。

我打開烤箱拿出披薩後，澈底融化且烤成黃褐色的起司香氣充滿了整個廚房。

我在烤好的披薩上撒了些切碎的香芹，並將以辣椒為基底的調味料放在小碟子裡。

剛做完料理，莉特就過來了。

「看起來好好吃唷！那我端到客廳去囉。」

「好，麻煩妳了。」

她動作俐落地把盛著料理的盤子放在桌上。

這些事情她已經習以為常了。

「「那我開動了。」」

莉特拿起一塊切好的披薩，大口咬了下去。

看著她扶著臉頰吃得津津有味的開心模樣，我今天也小小地做出了勝利手勢。

＊　＊　＊

「對了。」

在我們喝著餐後的草本茶時，莉特開口道：

「聽說今天早上有人越獄呢。」

「越獄？」

「嗯，有個衛兵來店裡買藥的時候告訴我的。」

「哦？這可真是罕見耶。已經抓到犯人了嗎？」

「聽說事情鬧得還滿嚴重的，犯人好像使用某種聲音很小的特殊炸藥破壞了監獄的牆壁。」

「什麼？」

這可不得了。

「嗯……會是和畢格霍克有關嗎？盜賊公會本來樂得少了一個麻煩，結果沒想到他的派系很大這樣？萬一讓他流亡在外，城裡大概有一陣子都會不得安寧啊。」

「不過好像不是這麼回事。」

「什麼意思？」

「被炸掉的是監獄的內壁，似乎是看準早餐時間才動手破壞的。雖然有很多囚犯想逃出去，但外牆完好無損，到頭來誰也沒能逃走。」

「那還真是弔詭耶。」

「很多試圖翻出外牆或拿獄卒當人質的囚犯似乎都被壓制住了，所以只有一個人逃了出去。」

原來如此，是聲東擊西嗎？對方應該一開始就是要幫助那個人逃獄吧。

「但我還是不懂，監獄裡有誰值得如此大動作營救出去嗎？」

「越獄的是被你砍傷後在病房大樓裡療養的那個傢伙喔。喏，就是綁架艾爾的鍊金術師。」

「哦？是那傢伙啊……」

用黏性炸彈當武器的矮個子男。

那傢伙人不可貌相，擁有高等級「鍊金術師」加護，還曾經間接使用人肉炸彈把莉特逼入絕境，這種人逍遙法外可能會很危險。

不過，他受傷後隔了好一陣子才送醫，單憑治療魔法的治療頂多只能治好表面的傷口，他應該暫時不會有所動作。

「但願那傢伙能早日落網啊。」

「就是說呀。」

休息時間在討論這件事之中結束，莉特和我站起身，她準備回店裡，我則要去作業場。明明在同一個屋簷下隔了短短幾公尺的距離而已，莉特還是依依不捨地抱住我，在我的臉頰上落下一記輕吻。

＊　＊　＊

時光稍微往前回溯。

清晨，露緹和媞瑟走在北區的路上。

早上的冷空氣籠罩著周遭，兩人呼出的氣息都是白色的。

媞瑟一邊搓著冰冷的手指，一邊在心裡碎碎唸著：「早知道早上就去買『洛嘉維亞懷爐』了。」聽說那是城裡最近才剛發售的產品。

「監獄那邊應該有防範魔法的對策，隱形斗篷恐怕派不上用場了。」

隱身魔法之類的幻術是首要防範對象。

就算解除所有的魔法有其困難之處，但只要鎖定特定體系的魔法，憑地方的預算也足以應對。

「按照一開始擬定的作戰方式執行。」

露緹低聲說道。媞瑟已經對勇者改觀了。

她確實有欠缺常識的地方，但絕對不是對謀略計策一竅不通。不僅如此，她的事前調查還非常縝密，連身為殺手的媞瑟都不得不佩服。

她昨天查到了囚犯和獄卒一整天的行程，作為判斷何時入侵的根據。

兩人商量過後，決定採用動作很大但損害很小，而且成功率最高的作戰方式。

不同於圍住佐爾丹的石砌牆，監獄的紅磚牆十分高，牆上還有銳利的尖刺。

除非像「飛簷者」或「飛龍騎士」一樣是具備「跳躍奧義」這個技能的加護，否則很難翻過去。露緹拔出上面開著洞的哥布林大劍。

「武技：岩斷。」

露緹舉劍一揮，輕鬆地劈開了牆壁。

兩人靜悄悄地迅速穿過被挖出四角形窟窿的牆壁。

等她們穿過去之後，又把挖通的牆壁重新嵌回去。

由於武技太過凌厲，牆壁完好如初地密合起來，不仔細檢查根本看不出斬痕。此外，她們從頭到尾只花了不到一秒。

值班的獄卒正一臉麻煩地在監獄的監視塔上站崗，當他的視線轉過來的時候，她們早已躲進暗處。

＊　＊　＊

監獄內響起早餐的鐘聲。

在桌邊排排站的囚犯們聽完獄卒訓話之後，開始進行餐前祈禱。這時突然傳來「咚」的一聲。

獄卒皺了皺眉，但沒有多說什麼。

「呿，有糞金龜。」

那是光頭囚犯一腳把在地上爬行的大甲蟲踩扁的聲音。

挪開腳一看，蟲子的體液沾在男人的光腳丫上。

他旁邊一個臉上有燒傷疤痕的囚犯皺起眉頭，朝地板吐了口痰。

站在他們對面的是因為貪汙而被關進來的中年官員，他一臉對囚犯這種沒衛生又粗魯的舉止感到煩躁的模樣，用力地咂嘴一聲。

踩死蟲子的光頭囚犯出聲恫嚇，中年囚犯也毫不閃避地瞪了回去。

中年囚犯儘管原本是官員，身上的加護卻是「摔角手」。他之所以貪汙，是因為這個加護不適合當官，所以放棄了出人頭地的機會。他會在休假日去狩獵哥布林來舒緩平常工作無法宣洩加護衝動所釀成的不滿，因此加護等級也算高。

「怎樣？」

徒手戰鬥的話，他有自信不會輸給目無法紀的傢伙。

相對之下，光頭囚犯的加護則是「打架專家」。

他是監獄的常客，因為暴力事件而坐過好幾次牢。

最近一次的審判只用了一分鐘，他本人一句話都沒說就被判了刑。

他清楚自己就是這樣的人，每天都過著幫人打架或恐嚇他人的生活。雖然不是什麼光彩的人生，但他也容不得別人小看自己的力氣。

光頭囚犯旁邊那個臉上留著燒傷疤痕的男人是擁有「鬥士」加護的工人。

他在無聊的吵架中刺傷人，而那個男人不幸過世了。他已經過了足足一年的監獄生活，而導致他入獄的事件與他的加護沒有半點關聯。

每當看到囚犯們的愚蠢行徑，他的內心就升起無限後悔。

他們三人各自擁有完全不同的價值觀與加護。

光頭囚犯按耐不住地跳到了桌上，中年囚犯則舉起雙手準備迎戰。

這時傳來了一道巨響，三名囚犯循著聲音看過去之後都目瞪口呆，其中一人還叫出聲來。至於叫的人是誰，事後再問他們大概只會得到「不知道」的回答。

因為在那個當下，價值觀與加護迥然相異的三名囚犯都在想著同一件事。

「快出去！」

餐廳的牆上開了一個大洞。當獄卒回神之際，囚犯們都爭先恐後地往牆上的洞口聚集過去。囚犯和獄卒都以為自己聽到爆炸聲，但其實是錯的。

破壞牆壁的是露緹的拳頭。

那是人類最強的拳頭擊中牆壁的聲音，只是聽起來像爆炸聲而已。

而在囚犯們朝洞口衝過去的時候，露緹人已經不在那裡了。

＊　　＊　　＊

入侵者大搖大擺地走在病房大樓的走廊上，卻沒有人察覺到。

那名入侵者沒有使用魔法，也沒有遭到任何人盤查，就這樣在病房大樓裡走來走去，記住這裡的人員配置。

大致繞過一圈後，再爬上裝著鐵護欄的窗戶，穿過鐵護欄的「縫隙」。

「歡迎回來，憂憂先生。」

娓瑟看到搭檔回來便露出微笑。

憂憂先生揮動一隻腳作為回應。

牠輕快地跳上娓瑟的手臂，透過娓瑟的技能「與蜘蛛共鳴」讓彼此得以溝通交流。

這並非代表蜘蛛能夠理解語言和文字，所以娓瑟感受到的只有模糊的意象。不過，娓瑟有自己做過理解那些意象的訓練。

「嗯，我都清楚了。謝謝你，憂憂先生。」

憂憂先生抬起了兩腳，像是在說「不用客氣」似的。

＊　＊　＊

越獄風波一起，全體獄卒們都出動應對。

病房大樓的入口只有一人看守，那個人現在也被娓瑟擊中要害而昏迷過去。

「技能：『誘餌』。」

媞瑟發動技能後，她的眼前出現了和剛才打量的看守一模一樣的人物。

「誘餌」是可以創造出觸碰到的對象或自己分身的技能。

分身通常不能獨立行動和講話，但能夠執行在一定範圍內來回行走或被人問話時點頭這種簡單的命令。

分身就像一個中空的氣球，並不是幻術，而是屬於召喚術體系的能力，因此用防衛幻術的能力是無法識破的。

根據經驗，媞瑟知道「誘餌」的分身儘管能力貧弱，卻能爭取到比想像中還要更長的時間。

接下來就是和時間賽跑。當獄卒們鎮壓住越獄騷亂後又過了三十分鐘，他們才發現畢格霍克的親信鍊金術師戈德溫不見了。

＊　＊　＊

露緹取下塞住男人嘴巴的東西。

「妳、妳們是什麼人？」

被帶到港區的陰暗倉庫裡，鍊金術師戈德溫按住行走時開始發疼的傷口，恐懼地顫抖著問道。雖然他現在沒有被綁住，但他明白眼前這兩人遠比自己強得多，反抗她們是不智的作法。

面對戈德溫的問題，露緹思考了一會兒……

「我想要你幫忙製作惡魔加護。」

她坦然說出自己的目的。

「惡魔加護……」

得知這兩人幫自己越獄的目的後，戈德溫稍微恢復了冷靜。

（原來如此，是想拿惡魔加護做生意嗎？我一直以為自己逃不了極刑，但看來我的人生還有希望啊。）

惡魔加護這玩意兒否定了聖方教會的信仰。

戈德溫身為製造它的罪魁禍首，肯定會第一個上處刑臺。

走投無路的他，甚至還做出偷偷用病床摩擦傷口來儘量拖延時間這種無謂的掙扎。

（但是，惡魔加護需要惡魔的心臟，沒有畢格霍克先生可做不出來。這件事萬一暴露的話，我就沒有價值了。必須想辦法爭取時間，叫她們帶我離開佐爾丹逃到安全的地方去才行。）

戈德溫拚命動腦筋，尋找能夠讓自己活命的方法。

（就告訴她們在佐爾丹已經弄不到材料好了。然後逃到離這裡很遠，連通緝令都傳不過去的偏僻地區或犯罪都市。對了，慕札利就很好，那裡會僱用逃亡的奴隸做礦工，如果被僱用為幫忙礦工製藥的鍊金術師，下半輩子應該可以過得還不錯。）

剩下的問題就是該如何跟她們說明了，戈德溫一臉煩惱地想著該從何說起……

「這個。」

一看到露緹遞給他的紙張，他這些心思瞬間消失得一乾二淨。

「這、這是惡魔加護的調合配方！」

戈德溫不知所措了起來。

為什麼她們會有這個？而且既然知道調合方法的話，那麼她們為什麼還要特地幫助他越獄？

製作惡魔加護所需要的技能，是「中級鍊金術」和「特殊素材調合」。

縱然有一定的等級要求，但也不是非戈德溫不可。

其實是因為露緹她們並不如身為專家的戈德溫那麼了解鍊金術，她們需要不會失手的人。但在陷入混亂的戈德溫眼中，露緹看起來彷彿無所不知，是一個深不可測的可怕存在。

「為、為什麼……」

這句問話包含了為什麼她們會有這個，以及為什麼要幫他越獄這兩種含義在，只不過露緹誤解了。

「因為我要自己用。」

她說出自己的目的，冷冷地俯視戈德溫，而他的身體不知為何止不住地顫抖起來。

這個在黑社會打滾的男人，此刻就如同孩子一般畏畏縮縮。

「我、我知道了，我會按照妳說的去做！所以別再用那種眼神看我了！」

戈德溫發出近似哀號的叫聲，向露緹如此懇求道。

＊　＊　＊

（惡魔加護在佐爾丹已經鬧得人盡皆知了。）

吉迪恩這番話讓露緹在心中點了點頭。

這個吉迪恩也僅存在於露緹心中，所以她只在心中點頭回應。

（這個叫戈德溫的男人越獄所引發的騷亂早就讓佐爾丹加強了警戒，沒必要再待在這裡了，現在應該趁早轉移陣地。）

（但是，我必須在那之前治好戈德溫的傷。）

戈德溫身上還留著當初被逮捕時遭到城裡冒險者砍傷的傷口，在他為了延緩刑期所做的努力之下，現在他是難以出行的狀態。

（不能用「治癒之手」治好他嗎？）

對於露緹的問題，吉迪恩搖了搖頭。

（不行，儘量別讓戈德溫知道妳是「勇者」比較好。「治癒之手」是只有「勇者」才會使用的技能。雖然他應該沒摸清「勇者」的所有技能，但能不用最好不用。）

（嗯，哥哥說得沒錯。）

「勇者大人。」

媞瑟的一句話讓吉迪恩消失不見，露緹將意識轉回外部。

清晨的陽光透過窗戶照入室內，還能聽到水鳥的鳴啼。

「早。」

「早安，睡得好……勇者大人是不用睡覺的吧？」

「嗯。」

「那麼，我們今天要做什麼？」

「去買止痛藥和治癒藥水。」

媞瑟只思考了一瞬，就立刻明白是買給戈德溫用的。

她們目前用繩子把戈德溫綁起來，藏在倉庫的大箱子裡。

他逃出去也只會被佐爾丹當局處刑，而且他早就屈服在露緹的壓迫感下，連反抗的力氣都沒有，非常安分。

「我明白了。妳知道要去哪一間藥店嗎？」

「聽說這個港區有專門為船員開設的藥店。」

「港區藥店的評價好像不太好。聽說因為船員們很快就會離開，所以藥店並不在意風評怎樣，都賣一些品質低劣的藥物。商人公會也曾經好幾次勸導過他們要改進。」

「是嗎？那媞瑟知道要去哪一間藥店嗎？」

「這個嘛……可以去中央區的藥店……或者是——」

說到這裡，媞瑟像是突然想起什麼似的拍了一下手。

「懷爐。」

「嗯？」

露緹歪起頭，媞瑟連忙繼續解釋：

「是這樣的，我聽說這座城裡有家藥店會做洛嘉維亞的懷爐，那家店的風評很不錯，人家都說藥很有效。」

「洛嘉維亞的懷爐。」

在洛嘉維亞的戰鬥、哥哥在戰場上受傷的模樣、緊緊抱住他時所感受到的體溫、他回抱過來時的力道……被惡魔加護削弱的「勇者」加護，再也抑制不住露緹心中翻騰湧現的苦澀。

「我們去那裡看看吧。」

說完，露緹點了點頭。平民區就在港區的旁邊。

她們離開港區的旅館走了一會兒，穿過林間小路後，就看到一間簡樸但相當堅固的木造店鋪。

招牌上寫著「雷德&莉特藥草店」。

「就是這裡了吧。」

媞瑟打開門，聽到鈴鐺叮叮作響。

這裡是平民區的藥店，她原本以為店裡會有點髒，但沒想到打掃得非常乾淨。牆邊擺著架子，上面陳列著各種藥物。

此外，店裡到處都放著能夠驅散瘴氣的藥草盒，空氣中飄蕩著淡淡的清爽香氣。

店內牆上掛著幾幅唯美的畫作，中央則擺了一尊目光充滿慈愛、有著一對翅膀的天使雕像。媞瑟不懂藝術，不過配色柔和的畫作和天使雕像讓她感到心靈都沉澱了下來。

要買治癒藥水之類的魔法藥水似乎要直接跟店員說。放在雕像旁邊的商品列表很有厚度，看來這間店的品項確實如同傳聞那般豐富齊全。

店員是一名男性，他邊擺出藥邊和一個半妖精男子說話。

「他是！」

媞瑟感覺呼吸一窒，因為對方就是她在黑輪攤遇到的那個厲害冒險者。

正當她打算提醒露緹之際……

「哥哥！」

「露緹？」

她當下見到的情景，足以澈底粉碎勇者露緹這號人物至今為止在她心中的形象。

露緹雙眼噙著淚水，臉上卻露出無比燦爛的笑容，張開雙手抱住了那個男人。

男人儘管吃了一驚，但還是接住了撲向自己的露緹。

「我好想你！這些日子我一直都好寂寞！」

媞瑟以往從勇者身上感受到的緊繃氛圍已不復存在。

在男人懷中喜極而泣的露緹，只是一個再普通不過的少女。

第三章 勇者落下淚水

妹妹就在我的懷抱中。

我以為至少在打倒魔王之前，甚至搞不好再也見不到妹妹了。

「哥哥！」

露緹環繞在我背上的手臂更加使勁。

她在笑。又哭又笑。

我旁邊的岡茲，還有和露緹一起進來的那個喜歡吃竹輪的女孩子都目瞪口呆地愣在原地。

雖然必須說點什麼才對……但我還是先用力回抱了露緹。

能夠和妹妹重逢……我當然也很開心。打從心底感到喜悅。

半晌後，露緹似乎終於冷靜下來，我輕輕推一下她的肩膀，她便乖乖地鬆開手。

她的表情也恢復了原狀。

雖然她現在同樣在笑，但不知情的人應該只會覺得那是面無表情吧。

「哥哥……不是的。」

「咦……？什麼意思？」

「我對艾瑞斯沒有任何想法。」

難道她是指我離開的時候她被艾瑞斯摟住肩膀那件事？

「是嗎？我還以為……」

「不是的。」

露緹罕見地在我面前用強硬的語氣否認。

這是她表明沒得討論時的特有方式，所以我也順從地讓步。

「我明白了，看來是我誤會了。」

「對。」

露緹一臉難過地糾正我的認知。原來她和艾瑞斯不是那種關係啊……我一方面感到高興，但在得知她到頭來還是無依無靠之後也感到很心疼。

……差不多該向周遭的人解釋一下了。

不過，該怎麼解釋才好？

「她叫你哥哥，所以是雷德的妹妹嗎？」

「哥哥這個稱呼，難道你是吉迪恩先生嗎？」

「吉迪恩？」

「雷德？」

岡茲和喜歡吃竹輪的女孩子都偏起了頭。

唉，這下該怎麼解釋啊？

＊　＊　＊

莉特出去買晚餐的材料，在她回來之前有很多事情必須向露緹解釋才行，岡茲那邊也一樣。

「唔……」

儘管岡茲的口風不是很緊，但他分得出什麼事可以說，什麼事不可以說。

我暫時把店關起來，畢竟這種情況下也不能都杵在店裡。

「呃，首先，岡茲。」

「嗯。」

「這個女孩是我妹妹，不過你暫時別說出去。我之後會好好跟你解釋的，麻煩你現在什麼都別問，先回家吧。」

「沒問題。雖然我不清楚是怎麼一回事，但確實看得出來你們並不討厭對方。」

岡茲露齒一笑。

「妹妹可是心頭寶啊。」

岡茲也有娜歐這個妹妹。

他們兄妹感情非常好，娜歐的丈夫米德和孩子坦塔都把岡茲當作家人來看待。岡茲倏地站起身，拍了拍我的肩膀。

「呃，妹妹啊，雷德……吉迪恩應該是本名吧？雖然我不知道你們之間發生過什麼，但這傢伙在佐爾丹平民區這裡可是很靠得住的好男人，從來沒做過壞事，這點妳儘管放心吧。」

「好。」

露緹點了點頭。

然而，我卻覺得她的表情似乎蒙上了一層陰影。

＊　＊　＊

留在客廳的有我、露緹和喜歡吃竹輪的女孩子……她叫做媞瑟的樣子，聽說是艾瑞斯找來取代我的殺手，擁有「刺客」的加護。

我的定位和「刺客」的定位好像差滿多的。

「呃，該從哪裡開始說明好呢？」

「哥哥。」

「怎麼啦？」

「你和別人一起住嗎？」

露緹環顧屋內後，這麼問道。

唔，我還沒解釋，她就注意到了啊？

其實屋內並沒有什麼可以證明莉特存在的東西。

但從擺放的花瓶和花卉，以及對餐具的品味來看，應該都能發現這個家還住著其他人。要把這件事告訴妹妹讓我感到有點緊張。

「現在有人跟我一起生活。」

「……是喔。」

「她應該很快就回來了，不過妳也認識她，在洛嘉維亞的時候，不是有一個會使用曲劍、名字叫做莉茲蕾特的公主跟我們一起行動嗎？」

「原來是莉特啊。」

露緹略顯難過地這麼說道。

看來我之前以為她轉頭黏上艾瑞斯真的是一場誤會。

露緹在剛啟程的時候……不，是從小開始，眼裡就只有我一個人。

「總之，我會把這一切的來龍去脈都交代清楚。妳有從艾瑞斯那裡聽說我是去進行偵察才脫隊的事情吧？」

「在那之後，亞蘭朵菈菈說是艾瑞斯殺了哥哥，他就跟我們解釋哥哥是逃跑了。」

艾瑞斯那傢伙竟然沒有遵守約定啊？不過，已經離隊的我可能也沒有抱怨的資格就是了。

我把艾瑞斯覺得我是累贅而趕我離開隊伍，導致我變得自暴自棄，然後流落到佐爾丹開了一間藥店……最後和莉特同居的事情經過都告訴她。

「我打算就這樣和莉特一起在這裡生活，我們將來應該會結婚。」

明確地說出「結婚」這個詞讓我心中有些忐忑。

莉特是公主，而我雖然有騎士爵位，但是平民出身，而且是僅限一代的爵位罷了。

縱使兩人之間門不當戶不對……我和莉特也早就作好捨棄身世背景的心理準備了。

「這樣啊。」

露緹大概也從我的神情知道我是認真的吧，她沒有對門戶差距多說什麼，只是靜靜地點了點頭。

「對不起，我擅自離開了。」

「……這是艾瑞斯的錯，不過——」

露緹目不轉睛地凝視著我。

「我會讓他閉嘴的。所以，可以吧？」

「…………」

「莉特要來也沒問題。哥哥，我們再繼續一起旅行吧。」

露緹懇求似的這麼說道，聽得我內心一陣刺痛。

我一直認為……除了自己之外，露緹還有其他人能夠依靠。

艾瑞斯、達南、蒂奧德萊與亞蘭朵菈菈。

他們雖然有缺點，但本領都比我高強，是一群各有專精領域的夥伴。

我以為即使我不在，艾瑞斯的魔法、達南的拳法、蒂奧德萊的槍術和奇蹟，以及亞蘭朵菈菈操縱植物的力量……在在都能夠支撐著露緹走下去。

「少了哥哥，隊伍就無法運作。要把艾瑞斯趕出去也可以，我們需要哥哥回來。」

露緹現在向我說明隊伍的狀況。

像是艾瑞斯試圖獨力擔起我的工作，但以失敗告終。

然後達南脫隊去找我，亞蘭朵菈菈則認為我被殺了而離開隊伍。

媞瑟取代我加入了隊伍，不過離開的人有三個，只補一人根本不夠。

「…………」

打倒風之四天王後，我以為勇者隊伍的旅程會一帆風順。

然而，事情並不像我想的那般順利。如同莉特之前所擔心的，我的離開引起了很嚴重的問題。只要我想回去，勇者隊伍就還有我的一席之地；只要我希望，就能再次回到冒險生活。

即便如此……即便如此，我還是——

「抱歉，露緹。我已經找到了留在這裡的意義。」

不只是莉特，這間店、這裡的日常（慢生活）都成為我活下去的動力。能夠滿足佐爾丹居民的小小期望……和興高采烈地收下只有取暖功能的懷爐的人們一起生活，讓我很幸福。

這裡……佐爾丹已經是我的歸宿了。

「這樣啊。」

露緹像是半預料到似的平靜地答道。

接著她說出下一句話。

「那我也要在這裡住下來。」

我最心愛的妹妹，和我一樣作出了放棄冒險的決定。

這是任性自私的發言，決心從賭上世界命運的戰役中逃跑。

然而，又有誰能夠責怪她的這番話呢？

該怎麼回應才好？我說得了什麼？

我的思緒逐漸遭到苦澀的漩渦吞噬。

不過，我並沒有因此感到痛苦。

因為眼前這個沒有表情的臉上滿是難消悲傷的少女，是我深愛已久的妹妹。

在這之後沒多久，拎著購物袋的莉特就回來了。

「我回來嘍！雷德不在嗎？關店了耶。」

我連忙跑進店裡。

「我在喔～剛才在客廳那邊……有客人來了。」

「客人？」

地板咯吱作響，應該是有人從我背後的門探出頭來了吧。

雖然我看不到背後就是了……

購物袋「咚」的一聲掉到地上。

莉特看起來震驚得連話都說不出來，僵在了原地。

「呃……嗯，我妹妹來了。」

就算不轉頭，我只要看莉特的表情就立刻知道背後是誰了。

「好久不見。」

露緹小聲地對莉特打了聲招呼。

＊　＊　＊

「喀」的一聲輕響。

這是我把裝著咖啡的杯子放在桌上的聲音。

現在屋子裡安靜到連這麼輕的聲響都聽得一清二楚。

（好尷尬。）

莉特和露緹都盯著手邊的杯子，不願看向前方。

媞瑟則專注地看著手背上的小蜘蛛。

蜘蛛環顧四周，做出像是在關心媞瑟的動作。

「呃，露緹，妳們住在哪裡？」

「港區的旅館。」

「港區喔？中央區或北區的旅館品質不是比那邊更好嗎？」

「不要緊。」

「是嗎……那接下來打算怎麼辦？今天要不要住我們家？」

露緹的表情登時綻放出光采，隨即又垂下頭來。

「不了，港區那邊還有事沒處理完……不過，處理完那天我想和哥哥待在一起。」

「好啊。」

有要事嗎……

「我還沒問妳呢，妳們怎麼會來佐爾丹？」

「其中一件事是要找哥哥。」

「找我……？」

「討伐魔王一定要有哥哥在。」

唔……不管是見面的時候，還是宣布要住在這裡的時候……以及這個來找我的理由，我怎麼想都覺得不太對勁。

「再來還要找另一個人。」

「找人？」

「對方是藏身在佐爾丹的知識分子，他擁有討伐魔王所需要的知識，不過我已經找到他了，所以不用擔心。」

「這樣啊。」

「等一下！」

一直沉默不語的莉特揚聲說道：

「雷德……你打算怎麼辦？」

對了，我還沒告訴莉特呢。

「我要留在這裡啊，繼續跟妳一起經營這間店。」

「真的嗎……？可是……」

莉特瞥了一眼表情難過的露緹。

「莉特不用在意，因為我……也要住在這座城市裡。」

「咦、咦咦？」

「我今天就先回去了。」

「回去……」

露緹站起身。太奇怪了，從剛才就感受到的強烈異樣感一直在心頭揮之不去。

我覺得發生在露緹身上的絕對不盡然都是些壞事……儘管如此，似乎也不見得都是好事。

「哥哥。」

「妳隨時都可以再來，我就在店裡。」

「我就是想問這個。」

露緹露出靦腆的笑容，微微垂下了頭。

我溫柔地撫摸她的頭。

「嗯……」

「我還沒和妳聊夠呢。我離開之後發生的事情，我們彼此都有很多話想講吧？」

「對，但今天只能先說到這裡了……」

露緹直勾勾地看著我……再次展現出欣喜的表情。

「沒關係，今後我也會有很多時間。」

一旁的莉特看到露緹的笑臉後，感到相當驚訝。

＊　＊　＊

露緹很乾脆地就回去了。

我和莉特隔著桌子而坐，靜靜地思索了起來。

「欸，雷德，這樣真的好嗎？」

「什麼意思？」

「那個……雖然我說這種話可能有點奇怪……不過，露緹她需要你。」

「是啊。」

「所以我在想，你和她一起走……是不是比較好？」

莉特的表情看起來很難受。

「為了世界嗎……」

坦白說，我也不是沒有動搖。

一想到露緹那張悲傷的臉龐，我確實會有迷惘。

「找時間再討論吧，我、露緹、莉特，還有媞瑟四人一起。」

「嗯。」

這並不是能夠立刻解決的問題。我們需要時間。

或許會有人指責勇者就此止步不前。

但若要論罪的話，有罪的是我，露緹沒有做錯任何事。

就算肩上承擔著這個世界的命運，露緹也還只是一名十七歲的少女。

＊　＊　＊

露緹走出藥店後，快步離開那裡，按住胸口呻吟了起來。

「露、露露小姐！」

媞瑟連忙衝過去。

露緹從懷中拿出惡魔加護一口吞下去。

「不該說要留在這裡的。」

她額頭上滲出冷汗，低聲這麼說道。

剛才襲向露緹的，是加護引發的強烈衝動。

衝動本應已經遭到惡魔加護削弱，但當勇者冒出放棄當「勇者」的念頭之際，世上最強的加護藉由對正義的渴望，以及心臟彷彿要被捏爆般的痛楚來作出抗議。

「必須再繼續削弱加護才行。」

「露露小姐……」

媞瑟一臉不安。現在的勇者大人果然有哪裡不太對勁。

她和勇者一起旅行的時間絕對稱不上長，但看得出來勇者目前的狀態很不正常。

「呀啊啊啊啊！」

就在這時，耳邊傳來了尖叫聲。媞瑟迅速擺好備戰架勢。

然而，露緹搶在她之前衝了出去。

在平民區的外緣地帶，與港區鄰接的水渠側道上。

有一名高等妖精女子被拽著頭髮拉倒在地。

「混帳，是誰允許長耳朵在這裡做生意的，嗯？」

旁邊是被完全翻倒的黑輪攤。

高等妖精歐帕菈菈精心烹製的黑輪食材被無情地打散一地，兩個紅臉醉漢露出猙獰的笑容踐踏著那些食物。

「住手！」

「這裡是偉大人類的城市，你們這些亞人跑出來可是有礙觀瞻的啊。」

每個城鎮都會有這種人類至上主義者。

他們通常也不受到大部分人們待見，但即便如此，他們這種人不管在哪裡都有足夠的人數形成他們自己的小團體。

看著歐帕菈菈被打得發紅的臉龐，男人意圖滿足自己那扭曲的愉悅感……

然而——

「咦？」

不過一眨眼的工夫。在下一瞬間，眼前就出現了一名雙腿大開、準備揮拳的少女，他根本沒來得及作出防衛。

「噢呃！」

肺裡的空氣消失，接著是內臟被輾得稀巴爛似的痛楚朝男人席捲而來。

露緹以不會奪走他性命的力道揍了下去。

不過，這並不是什麼手下留情。她拿捏的力道剛好可以讓他在意識清醒的情況下，痛到幾乎快死但又死不了。

這一拳，大概會成為這個男人下半輩子的心靈創傷吧。

男人蹲下去按住腹部，流著眼淚和口水呻吟了起來。

「噫！這、這是怎樣！」

另一個男人慌張地拔腿就要跑，但媞瑟已經繞到了他的前面。

「滾、滾開！」

男人試圖撞飛媞瑟，而她則抓住他伸過來的手臂，把他甩上了空中。

「唔呀呀！」

男人狠狠摔在地上後，媞瑟壓住他的手臂關節，接著用手指輕輕往他的側腹附近按下去。

「嗚、嗚呀啊啊啊啊啊啊啊啊啊啊啊！」

他發出扯裂喉嚨般的慘叫聲。這一招用到了刺客的人體破壞術。

這記攻擊只會造成痛楚，不會弄傷對方。

「竹輪……真是太浪費了。」

看到被踐踏的竹輪，媞瑟又稍微加大了手指的力勁。

＊　＊　＊

把兩個施暴者交給聽到騷動後趕來的衛兵時，他們已經不顧羞恥和面子，蹲在地上大哭著。

「這樣他們就不會再犯了。」

露緹看著他們輕聲說道，媞瑟也點了點頭。

「感謝兩位的幫忙。」

衛兵似乎也對男人們的野蠻行為感到氣憤，沒有過問露緹和媞瑟動粗的事情，向她們道謝完就把人帶走了。

「呼。」

媞瑟有些滿足。身為殺手的她，很少會像這樣去幫助別人。儘管很少這麼做……但感覺並不壞。

相對於媞瑟，露緹則微微垂下了肩膀。

「謝、謝謝妳們！真是幫大忙了！」

歐帕菈菈用溼毛巾按住被毆打的臉頰，朝她們走了過來。

露緹看到她的臉，便把右手放了上去。

「露露小姐！」

察覺到露緹想要做什麼，媞瑟驚呼一聲。

但露緹不聽她的勸阻，發動了「治癒之手」。

「咦？」

嚇了一跳的歐帕菈菈揚聲叫道。她臉上和身體的疼痛瞬間消失，紅腫的臉頰也恢復如初。

「我還沒有辦法對有難的人視而不見。」

「露露小姐……」

「抱歉，明明不該使用技能的。」

「怎、怎麼會，妳不需要道歉……這麼做肯定是正確的。」

沒錯，這才是所謂的勇者。

媞瑟認同露緹的作法。與正義站在一起讓她覺得有些光榮。

露緹凝眸看著自己那鋤強扶弱的右手。

直到剛才還在折磨她的衝動，因為拯救高等妖精而消散了。再過一段時間，惡魔加護應該也會開始發揮作用吧。

她之所以會衝過來，就是覺得這樣可以解除加護的衝動。

「這麼做是正確的嗎？」

露緹用小到誰都聽不到的聲音，向自己的加護如此詢問道。

＊　＊　＊

我叫做媞瑟．迦蘭德，擁有「刺客」的加護，是勇者大人的夥伴。

現在是晚上。

我去為關在倉庫的鍊金術師戈德溫送餐，剛剛才回來。

我們本來打算連夜逃離佐爾丹，但由於在城裡發現了勇者大人正在尋找的兄長，因此改變了計畫。

勇者大人似乎傾向於留在這座城市。

但是，我們也需要戈德溫做藥。

（戈德溫在這座城裡不可能不被認出來……）

眼下不僅要準備好鍊金術師的工作室，還要選在勇者大人能夠從佐爾丹往返的地點，而且也必須監視戈德溫不讓他逃走才行。

（太難了。）

這就是我的感想。

如果人手再多一點還能想出其他辦法，但這裡只有我和勇者大人而已。

我們是第一次來到佐爾丹，沒有能夠信任的對象，連殺手公會的分部都沒有。

硬要說的話，勇者大人的兄長吉迪恩先生應該可以信任……

「勇者大人，果然還是太困難了。」

「嗯。」

勇者大人靜靜地點了點頭。

「在拿到足夠的藥之前，我們先到其他城鎮去吧？之後再回佐爾丹也行。」

「我知道。」

「噫！」

勇者大人釋放的不悅氛圍讓我不禁畏縮了起來。

她明明只是坐在椅子上沉思，卻散發出恐怖的壓迫感。

我本來還覺得她在見到吉迪恩先生之後，身上的氛圍變得柔和了一點，結果是我誤會了。

「明天我想去調查一個地方。妳去找個藏身處，能夠躲一個星期別被發現的地方就可以了。」

「一、一星期的話我是能想辦法……妳有想要調查的地方？」

「停放飛空艇的旁邊那座山好像有古代妖精的遺跡，只要設備還能使用就可以當作藏身處。」

她是什麼時候得到這種情報的？

「木妖精以前也住在那座山附近的樣子，聽說生長著許多很有用的植物。」

「同時有古代妖精的遺跡和木妖精的遺跡嗎？」

真稀奇。我還是第一次聽到古代妖精的遺跡和木妖精的生活區域在同一個地方。

話雖如此，這可能只是現在的我們不知道這件事而已。

相傳木妖精認為大自然會循環。

在殺手公會教我歷史的教官告訴我，木妖精的建築物與大自然融為一體，木妖精不在之後，其遺跡也會隨著樹木生長而消失無蹤。

其他古代妖精遺跡上可能也曾存在著木妖精的遺跡，只是消失了，而我們沒有發現……說不定事情就是這樣。

「如果古代妖精的遺跡還能使用，的確可以作為藏身處……但是，為什麼——」

為什麼不惜做到這一步也要留在佐爾丹？

不過，看到勇者大人那認真的神情後，我沒辦法繼續把話說完。

好可怕……

一隻迷你小腳拍了拍我的肩膀。

憂憂先生正歪著頭看我。

怎麼了？牠在說些什麼。

不要想太多？不，應該是不要想得太複雜吧？還有要我看清楚？

憂憂先生罕見地頻頻試圖跟我溝通。

現在牠也仍不斷揮動著兩條前腳，想要向我傳達牠的意思。

「你怎麼了？」

我有些不安。明明憂憂先生正在向我傳達些什麼，我卻不懂牠的意思。

為了能夠搞清楚牠想表達什麼，我也有反問回去，但牠只是一再重複相同的意象。

這是怎麼回事？好久沒遇到這種情況了。

……所以，我的注意力全都放在憂憂先生身上，而不是勇者大人。

「媞瑟。」

「咦？」

等注意到時，勇者大人早已來到我眼前。

然而，她的視線並不是投向嚇得僵在原地的我。

她注視著我的肩膀，也就是歪著腦袋的憂憂先生。

她朝我的肩膀伸出手。

我的思緒停住，恐懼與混亂穿透了我的後背。

可能是我做了什麼觸怒了勇者大人。

但是！絕對不能對憂憂先生下手！

回過神來，我已經往後一跳，拔劍擺出了備戰架勢。

牙齒在咯咯打顫。對著毫無勝算的對手拔劍的這股恐懼，讓我的大腦彷彿正在被灼燒一般熾熱。

勇者大人保持伸手的姿勢，就這樣面無表情地停下動作。

她直勾勾地凝視著我。

雖然應該只過了短短幾瞬……對我來說卻無比漫長。

「……妳誤會了。」

勇者大人看著我這麼說道。

「我知道那孩子是妳的寵物，並不是沒有察覺到這一點而想打死牠。」

她在說些什麼？

我呼吸紊亂地聽著她講話，只不過無法理解她的意思。

「我看過牠在妳旁邊揮舞手腳的模樣，也看過妳把捉到的蟲子餵給牠吃……」

勇者大人一直說著這類的事情，而我依舊舉著劍，渾身顫抖不止。一個小小的身影忽然輕巧地跳了出來。

「憂憂先生！」

憂憂先生落在地上後，舉起雙手拚命張大那小小的身軀擋在我前面。

「你、你在幹什麼……咦？『好好看清楚』？」

到底要我看什麼……

憂憂先生努力擺動身體，不斷重複著「好好看清楚」。

於是……我才終於「看清楚了」。

「妳誤會了，我絕對沒有那個意思。」

在我眼前的是誰？是勇者大人。擁有人類最強的加護，背負著拯救世界的命運，為了正義而生，以及所有夥伴都感到畏懼的人。

然而，我所看到的……是一個惹怒了好朋友，卻不曉得對方生氣原因而不知所措的少女。

我和她的認知有落差。明明我因為恐懼而拔劍，甚至擺出戰鬥姿勢，但不知為何看在勇者大人的眼中，好像只是她做了什麼惹我生氣而已。

因為她實在太強了，強到我們根本望塵莫及……導致她無法理解一般人的殺意和敵意是什麼模樣。

可能有點類似於小孩子明明真的在生氣，大人們見狀卻是露出會心一笑。

就是這種落差造成勇者大人始終是孤獨一人。我終於明白「好好看清楚」勇者大人是什麼意思了。

沒錯，我也能夠看清楚之前發生的種種了。

在飛空艇上討論事情時，正如同我看著憂憂先生笑一樣，勇者大人之所以看著我的時候偶爾會變換表情，也是因為她在看著憂憂先生笑。

那天晚上她在找某種東西，是因為她自己也想要一隻像憂憂先生這樣小巧的寵物，僅此而已。

到最後，勇者大人似乎已經不知道該說些什麼才好……

「抱歉，我不知道妳為什麼會生氣，但希望妳能原諒我……對不起。」

她只是不停地道歉。哐啷一聲，我的劍掉在地上。

我質問自己，為什麼沒有注意到這件事？

一股強烈的自責感襲上心頭。

我蹲下身，讓憂憂先生跳到手背上。

（去道歉吧？）

憂憂先生這麼告訴我。

嗯，說得沒錯。於是我走向勇者……露緹大人。

露緹大人一個哆嗦……肩膀微微顫抖了一下。

我吸進一口氣，準備說出接下來的一番話。

「該道歉的是我才對。是我會錯意了，真的很對不起。」

「嗯……妳沒有生氣嗎？」

「對，我沒有生氣。那妳生氣了嗎？」

「沒有。」

「太好了。可是，那個……如果妳想要摸我的寵物，可以先告訴我一聲。」

「我知道了。」

我把載著憂憂先生的手背朝露緹大人伸過去。

露緹大人也伸出了左手。

輕輕一躍。

憂憂先生輕巧地從我的手跳到了露緹大人的手上。

接著，牠揚起右手向露緹大人打了個招呼。

「……名字。」

「牠叫做憂憂先生。」

「憂憂？」

「全名就是憂憂先生。」

露緹大人愣了愣，然後注視著憂憂先生。

「憂憂先生，我是露緹，請多指教。」

露緹大人彎起眼睛，臉上浮現溫柔的微笑。

我叫做媞瑟．迦蘭德。

擁有「刺客」的加護，現在是勇者露緹大人的朋友。

＊　＊　＊

古代妖精。

這是在介於神話與正史的時代——世界的黎明期統治地表的第一支種族。

首先出現的是仙靈和精靈居住的第一世界。

第一世界四季如春，是可以讓長生不老的仙靈們載歌載舞、日復一日享樂的樂園。

因此他們沒有爭鬥也沒有苦痛，每天都過著無比幸福的生活，沒有求變的打算。

正因是樂園，第一世界是永遠停滯的世界。在無窮無盡的歲月中，一直關注著第一世界的至高神戴密斯，對這種情況感到不滿。

於是祂創造出第二世界，也就是這個世界。

第一天，祂創造了宇宙。

第二天，祂創造了天地日月及繁星。

第三天，祂創造了昆蟲、動物和植物作為糧食。

第四天，祂創造了遍地的魔物。

第五天，祂創造了具備智慧的妖精、龍以及惡魔。

第六天，祂創造了和第一世界最優秀的仙靈相似的古代妖精，以及和自身樣貌相似的人類作為統治者。

第七天，祂因為一切大功告成而歇息，阿修羅於夜晚誕生。

第八天，阿修羅來到神明面前致意，招來痛斥：「我可沒有創造你這般東西。」

根據聖方教會的典籍，這就是創世的由來。

居住在暗黑大陸的矮人和獸人也是妖精種，而在兩個大陸都有繁衍子嗣的哥布林也是源自暗黑大陸妖精種的後裔。有高等妖精學者聲稱妖精和哥布林是不同的物種，但那不屬於主流派。

古代妖精這個名稱是配合現代的說法，在現存最古老的典籍中，古代妖精只簡單記載為妖精，而在第五天被創造出來的妖精則記載為「仙靈」。

學者們經常針對現存一般仙靈和妖精種之間的關係展開激烈爭論，不過妖精種普遍被視為仙靈的一種，是除了大仙子之外，另一種有能力建立高度文明的高等仙靈（High Fay）。這些終究只是主流派的學說而已，在這個生物學和神學交相混雜的世界裡，要找出真相並不容易。

總之，現存的妖精整理如下：

〇古代妖精（滅絕）↓野妖精

〇仙靈＝妖精↓木妖精（滅絕）↓半妖精

↓高等妖精

↓暗黑大陸的妖精原種（Dark Elf）↓矮人、獸人、哥布林

上述系譜就是妖精學的主流派。

回到古代妖精的話題，他們擁有遠比現在更厲害的文明這一點無庸置疑，但許多事情依然成謎。

像是能夠暫時提高加護等級的妖精硬幣，以及反過來降低等級的野妖精祕藥等，一般認為古代妖精對加護做到了一定程度的解析。

有些聖職者認為就是這樣的傲慢觸怒了神明，才會導致他們滅亡。

到頭來，滅亡的原因還是不得而知。

唯獨一件事流傳至今——相傳初代魔王和初代勇者在這個時代誕生，而最初的魔王遭到初代勇者消滅。

亦即，最初的勇者是古代妖精，而非人類。

既然如此，這一代勇者也讓妖精去當不就好了？

露緹這麼想著，舉起降魔聖劍將眼前發出刺耳金屬摩擦聲的齒輪巨人砍成兩半。

＊　＊　＊

古代妖精遺跡就在雷德採集藥草的山中。經過露緹她們調查後，幸運地發現遺跡仍在運作。

儘管上層遭到奇美拉和盯上古代妖精財寶的佐爾丹冒險者闖入破壞，不過通往下層的升降裝置完好無損。

由於提供能源的瑪那水晶一度耗盡能量，導致設備處於休止狀態。但水晶在經年累月下，藉由吸收周圍魔力而再次填滿，所以重新啟動沒什麼問題。

露緹從以前到現在攻破過無數古代妖精遺跡，她以熟練的手法操縱裝置前往下層。

下層部署著常見於古代妖精遺跡的齒輪獸（Clockwork Monster），她與媞瑟兩人正在尋找控制齒輪獸的母體齒輪（Clockwork Mother）。

「呼……」

媞瑟用手背抹掉額頭上的汗水。

不同於一派輕鬆地戰鬥的露緹，媞瑟數度陷入危機，臉上顯現出疲憊的神色。

（到處都是護衛用的齒輪騎士啊。而且其他遺跡在母體齒輪前面頂多只會出現一具齒輪巨人，現在已經遇到四具了。還要對付侵略兵器齒輪毀滅者和潛水兵器齒輪巨靈……這座遺跡到底在搞什麼鬼啊？）

媞瑟在內心咒罵著。

不過，敵人只要單獨出現，露緹就會一個人解決掉，所以媞瑟才得以勉強在這個威脅度異常的遺跡裡前進。

最後，兩人抵達了位於遺跡最深處的母體齒輪室。

只要破壞掉這裡，所有齒輪獸都會停止活動。光是把它們的零件賣掉就有十萬佩利以上的收入，所以攻克古代妖精遺跡對冒險者來說正可謂是一夕致富的美夢。

（看到這個，還會有冒險者對什麼一夕致富感到開心嗎？）

媞瑟一邊嘲弄著忍不住退後半步的自己，一邊這麼想著。

母體齒輪是控制所有齒輪的齒輪集合體。為了保護母體齒輪而擋在前方的，則是閃耀光輝的金屬集合體——齒輪巨龍。

齒輪巨龍不同於每動一下就會發出刺耳噪音的其他齒輪獸，那精密到近乎藝術的身體構造，走動時也不會發出任何聲響。它的體內填滿加熱過的焦油，點火用的火種在張開的嘴巴裡彷彿紅舌一般若隱若現。

那是傳說中的究極兵器，相傳前代魔王曾修復過同型兵器，導致前代勇者的同伴戰死，甚至一度擊敗前代勇者。

沒想到竟然真的存在，媞瑟冒出了冷汗。

「露緹大人！」

媞瑟想建議暫時撤退，找吉迪恩和莉特來幫忙。這樣的對手要兩個人對付，實在太過艱難了。

「不要緊。」

但是，露緹依然一派輕鬆的模樣，聖劍垂在右側，連備戰姿勢都沒擺出來，就這樣走向古代妖精製造出來的人造龍。

＊　＊　＊

佐爾丹中央區的某棟宅邸——

前屋主是一名「召喚術士」，被其他城市的魔法師公會挖角後離開了佐爾丹。這棟建築物的地下室具備魔法防禦的機制，在佐爾丹很罕見。

因為有點陰森的緣故，沒有人願意承租，造成租金比其他房屋還要便宜，所以佐爾丹這個國家被指魔法發展落後也是無可奈何的事實。

「但對我來說正好就是了。」

將閱讀完的報告書放在桌上，膚色微黑的青年劍士畢伊坐在椅子上如此喃喃說道。

佐爾丹附近有木妖精遺跡。

儘管大部分已隨著草木榮枯而消失，但畢伊還是拜託冒險者和幾個研究者去調查所剩無幾的蛛絲馬跡。

而畢伊以搜集到的情報作為根據，正在尋找被木妖精藏起來的「某樣東西」，這也是他此行任務所在。

既然是被藏起來，就代表那個遺跡不同於其他遺跡，直至今日依然存在。為了查出地點，他一直在進行調查。

而那個調查也逐漸進展到最終階段。

「這裡並沒有現存的木妖精時代的設施。」

畢伊用手指敲著桌子，覺得事情變麻煩而嘆了口氣。

如果想保管好一樣事物，當然需要準備有圍牆的設施。看來那些木妖精沒有用自己的設施，而是把「某個東西」封印在其他地方。

「又是老樣子藏在自然險地嗎？若真如此，大概就是藏在南洋海底或世界盡頭之壁了吧。」

這兩個地方都不是人類和惡魔能夠輕易涉足的。但海底有水棲生物，而世界盡頭之壁則有巨龍和古革巨人，一定有相對應的種族。

畢伊在尋找的東西對木妖精而言是絕對不能被奪走的珍寶，所以他們選擇的地點不可能存在著有辦法突破封印的種族，哪怕只有極少數。

如此一來，在佐爾丹只有一個地方是誰都無法入侵的。

「古代妖精的遺跡。」

這個遺跡受到齒輪戰士們保護，它們沒有加護，持續運作了超越數千年的歲月。木妖精本應會避開古代妖精遺跡所在地，卻在佐爾丹選擇了同一座山建立聚落，從這一點來看應該不會有錯。

畢伊站起身，確認通往一樓的樓梯沒有人之後將門鎖上，操作起櫃子的機關。一部分牆壁靜謐無聲地移開，出現通往地下的樓梯。

他走下樓梯，來到一處石壁小房間。

這間暗室布下了嚴密的魔法防禦機制，推測是前任屋主的祕密研究室。畢伊打開房間深處上著魔法鎖的櫃子，裡面放著一顆散發灰色光芒的大寶石。

那異常耀眼的光輝讓見者心生畏懼，但畢伊泰然自若地伸手碰觸寶石，接觸灰色的光芒。

這顆寶石是名為「夢魔心石（Heart Stone）」的稀有魔法道具。

只要將同步之後的灰色縞瑪瑙埋入地面，就會發動詛咒奪走周圍人們的精神力。藉此累積起來的精神力會轉化為魔力，提供給寶石的持有者。

這個道具過去存放於前代魔王的寶物庫，對於沒有加護而難以有效運用魔法的阿修羅來說相當有用。

「什麼？累積的魔力就這麼一點而已啊？」

畢伊將手舉在寶石上，灰色光芒立刻消失，變成黯淡的醜陋石頭。是設定出了問題嗎？畢伊集中意識進行確認，但並未發現什麼問題。

「難道說他們已經發現詛咒並制定對策了？」

這個詛咒應該連仙靈都無法抵禦才對——他如此喃喃說道。只是再怎麼懷疑，「夢魔心石」所貯存的魔力就是遠不及目標。

「靠這麼一點魔力去調查古代妖精遺跡實在很不放心啊。」

他需要幫手。

然而，這裡是遠離魔王軍前線的邊境，不可能指望魔王軍支援，佐爾丹的冒險者又都當不成戰力。

「這下該怎麼辦？」

畢伊用手指抵著太陽穴，思索了起來。

殊不知露緹她們正在一步步攻克遺跡。

＊　＊　＊

自從露緹來過店裡之後，已經過了兩個星期。

我們重逢後，她似乎有三天不在佐爾丹，但接下來的日子基本上都在。她和媞瑟兩個人登錄為冒險者，儘管並不積極，不過偶爾會接下委託去城郊消滅哥布林。

以她們的實力而言，消滅哥布林這種工作根本大材小用……這麼做的目的應該在於緩解加護的衝動吧。

「勇者」加護有助人衝動；「刺客」加護有殺人衝動。討伐襲擊村子的人形生物哥布林正適合用來緩解這兩種衝動。

雖然對手是哥布林，但她們不管數量有多少都毫不在意地接下委託，然後抱著像是去散步的輕鬆心情闖進哥布林的住處，澈底殲滅後再回來。這樣的表現被視為相當可靠的新人，大家都在討論她們。

此外……

「歡迎光臨。」

「噫！」

不知道為什麼，她今天來我店裡幫忙了。

我嘗試讓她負責站櫃檯，只是大概還是有強者氣場，她看著進店的客人打招呼，對方就會反射性地發出尖叫。

這深深傷害到了她本人，不過我也有了新發現。

「妳笑得再燦爛一點，也許客人就不會尖叫了吧？」

「是嗎？」

我以為只有自己注意到露緹很受傷，但媞瑟似乎也察覺到了，她還會像這樣給露緹建議。

「對啊，多笑一點肯定沒問題，能麻煩妳再顧一下櫃檯嗎？」

「好。」

露緹輕輕握起拳頭，做出了加油的動作。

＊　＊　＊

趁露緹和媞瑟在店裡工作的期間，我請莉特去清點儲藏庫裡的藥物種類和數量編成目錄。

其實平時都有在做庫存管理，不過我和莉特討論過後，決定把握這個好機會仔細清點一下儲藏庫有什麼。

「辛苦了。」

我拿著兩個裝著咖啡的杯子來到儲藏庫。

莉特拿著紙筆，看起來正百般艱難地計算著大量的藥物……

「啊！討厭！你害我忘記算到哪了！」

她絕望地叫道。

「抱歉、抱歉，我等一下也來幫忙，先休息一下如何？」

「嗯，剛好我也有點累了。」

我們走到客廳在椅子上坐了下來。

可以聽到店面那邊傳來露緹和媞瑟接待客人的聲音。

「你不用去那邊顧著嗎？」

「我在的話，請她們工作就沒意義了吧？露緹對這種事情很敏感的。」

「你真了解她呢。」

「畢竟是我妹妹嘛。」

我和莉特同時喝了一口咖啡。

「嗯，今天的咖啡很香濃呢，還加了很多糖和牛奶，不過很好喝。」

今天泡的咖啡下了一點工夫。

我用了三個網眼細密的金屬濾網，把磨得較粗的咖啡粉放進去，再倒入熱水。

咖啡會堵住濾網的網眼，所以要耐心花一段時間把咖啡萃取出來。

由於咖啡的風味非常強，我又加了牛奶和砂糖，做成偏濃的咖啡。

「可以喝草本茶清清口。」

「喝這種咖啡享受的不是餘韻，而是入口的瞬間吧？」

「沒錯。」

「謝謝你，很好喝唷。」

這是慢慢享受香濃咖啡的沖泡方式。

旁邊擺著草本茶，適度清口之後，又能帶著新鮮的感覺品嘗第一口的風味。

我們就這樣享受著這段悠閒的時光。

「謝謝款待。」

「這沒什麼。」

莉特一臉滿足地放下杯子。

我們沉默地對視了一會兒。

但莉特很快便站起身。

「那我去店裡一下。」

「店裡？」

「差不多該讓露緹她們休息了呀。」

「那我去就行了。」

「不行。」

莉特露齒一笑說道：

「露緹一定也想和你享受對飲的瞬間啊。」

莉特說完便直接離開客廳，不給我反駁的機會。

我用手指頭彈了一下咖啡杯，發出了清脆的聲響。

莉特雖然挑了比較便宜的餐具，但品質都很好。

「那麼，去準備她們兩人的份吧。」

我把咖啡放在木製托盤上，走向了廚房。

＊　＊　＊

桌上為每人各擺了三塊餅乾，然後是三杯泡得偏甜的熱可可。

「謝謝。」

「我開動了。」

露緹拿起杯子喝了一口，眼睛頓時一亮。

媞瑟則打算先從餅乾吃起的樣子。

「這就是冒險者用來做保久食品的東西吧？」

媞瑟的表情很驚訝。

「這個……太好吃了。」

「我加了從山上採來的樹果，味道和肉桂還滿像的。」

「辛苦妳們了。」

「肉桂……我沒吃過耶。」

「這樣啊？那晚上就做肉桂派吧。」

對了。

「還有，來，這是浸過糖水的布。」

「咦？」

「我想說應該很適合當作那隻蜘蛛的點心。」

說完，我把裝著一小塊碎布的碟子遞了出去。

媞瑟肩上的蜘蛛輕巧地跳了下來。

蜘蛛很有禮貌地舉起手和我打招呼，然後就啜起糖水。

「非常感謝。原來你注意到了啊。」

「妳說牠嗎？因為你們看起來很親密嘛。」

「牠叫憂憂先生。」

「憂憂？」

「先生也是名字的一部分。」

見到我的反應，媞瑟的嘴角微微勾起開心的笑容。

雖然缺乏表情，不過這個叫做媞瑟的孩子應該和露緹一樣，內在也是個普通的女孩子吧。

「哥哥。」

「嗯，怎麼啦？」

「午餐可以一起吃嗎？」

我摸了摸露緹的頭。我剛剛才跟媞瑟提到晚餐而已，這小傢伙真是的。

「這是當然的，我一開始就有這個打算。」

「這樣啊。」

「不只是午餐，晚餐也要一起吃吧？」

「嗯。」

露緹微微一笑。

「其實，我最喜歡哥哥做的菜了。」

那是非常自然的微笑。充滿了光采，一看就知道是發自內心的迷人笑容。

「嗯，我知道。」

「這樣啊！」

「妳有什麼想點的嗎？」

「……我想喝蜂蜜牛奶。」

「好。」

她點的東西並不是我想問的午餐菜色。

不過這個主意也不錯。距離吃午餐還有一個半小時。

就來做一些和蜂蜜牛奶很搭的美食吧。

＊　＊　＊

到了中午，我們四人圍桌而坐。

桌上擺著培根三明治和焗烤馬鈴薯泥，以及用檸檬沙拉醬調味的雞肉洋蔥沙拉，雞肉是從市場肉舖買來的一種名為龍雞、有棕熊那麼大的巨型雞的雞胸肉。

再來就是露緹從以前就很喜歡喝的加了蜂蜜的熱牛奶。

「我開動了。」

露緹果然先從蜂蜜牛奶下手。

她喝一口之後雙眼綻亮，就這樣一口氣喝了一半左右。

這個喝法和她小時候一模一樣，我感到懷念而忍不住露出笑容。

「啊，這個是龍雞的肉吧？真少見呢。」

莉特吃了雞肉沙拉後，這麼說道。

龍雞的肉風味上多少有些差異，但基本上還是屬於雞肉，莉特馬上就認出來真的很厲害。

看到她露出笑容，應該是合她的口味，我也頗為開心。

「聽說是擁有『野獸』的加護，但在牧場審查時沒發現，大鬧一場之後逃了出去，還請冒險者去討伐。肉舖因此多出了一整頭龍雞，於是就打折出售了。」

動物的加護不同於人類和精靈，種類很少。

儘管有的動物也像人類一樣擁有「鬥士」、「妖術師」和「盜賊」之類的加護，不過比例只占全體的百分之五左右，剩下百分之九十五的加護都是「家畜」或「野獸」。

「家畜」加護的協調性很高，傾向溫厚的性格；而「野獸」加護則不喜歡群體行動，並且具有攻擊性。

適合飼養的當然是擁有「家畜」加護的動物。牛、豬、馬、雞和山羊這些動物之所以適合飼養，也是因為「家畜」加護的出生率遠遠比「野獸」還要來得高。

要當寵物的話，儘管擁有「野獸」的加護，或許也能慢慢進行調教，但要拿去賣的牲口就沒辦法這麼做了。

一般來說，牧場主人會趁幼崽時期分辨出是「家畜」還是「野獸」，然後早早處理掉「野獸」。

雖然我對這種作法抱持著一些疑問，但憑我對畜牧業的了解，還不夠資格對此說三道四。

這次只是破壞圍欄還不算嚴重，但也有可能會傷到其他牲畜或人類，所以還是只能趁小處理掉了吧。

聽到桌上這些雞肉來自被處理掉的「野獸」，露緹一臉認真地注視著龍雞肉，然後吃了下去。

我知道露緹不愛說話，不過媞瑟話也不多。

該說話的時候她會說，也會表達自己的想法。舉例來說，料理好吃的話她會說好吃，只不過之後就是一語不發地默默進食。

從眼睛的動向來看，她有在仔細留意我們的說話內容和態度，但看來並不是那種會閒聊或主動接話的人。

感覺上她是有明確目的才會開口的類型，把語言當作必須表達自身想法時才會使用的工具。

因此，主要在講話的自然變成了我和莉特。

我們現在正在說明我們在佐爾丹過著什麼樣的生活。

相較於作為騎士每天東奔西走的日子，還有作為勇者的夥伴在各地城鎮對抗魔王軍、解決城鎮問題的日子，這裡的每天都過得很平穩，露緹充滿興趣地聽著。

「我和莉特一天的行程大致上就是這樣。」

「雷德偶爾也會出門採藥草不在家就是了。」

莉特依然叫我雷德。

之前某個晚上她跟我討論過在露緹面前要叫我雷德還是吉迪恩，但我是以雷德的身分在佐爾丹生活，所以我們決定還是照樣稱呼彼此雷德和莉特。

「哥哥。」

「什麼事？」

「你採藥草的地方，是西北方的那座山嗎？」

「嗯，對啊。」

「……那個地方我知道，以後讓我去採藥草吧。」

「這確實是幫了我大忙，不過沒關係嗎？」

「嗯，沒關係。」

「那我知道了。以後妳有空的時候就幫我採藥草吧。」

露緹點了點頭。

＊　＊　＊

我不會作夢。

冬季的森林裡林立著淒冷的枯樹。天空滿是灰色的雲朵，寒冷乾燥的風吹來，我用手捂住發疼的耳朵取暖。

當時的我七歲，經常獨自跑進村子附近的森林裡。

以小孩子的腳程來說，大概五分鐘可以走到森林的入口。豎起耳朵就能聽到村民日常作息所製造出的聲響。

我一直在這裡待到日落，等待今天這一天過去。

如果待在有人的地方，隨時都有可能出現需要幫助的人。只要有人求助，「勇者」就無法拒絕。

我和父母處得不好，也不方便躲在家裡。媽媽在家裡織布，要是我在她工作時待在附近，她就會非常不開心。

我現在只剩自己一人而已……

「露緹。」

我驚訝地回頭看去。那是我苦苦盼望已久的人的聲音。

「哥哥。」

我撲進了張開雙臂對我展露笑容的哥哥懷中。

平時完全不動的嘴角，在哥哥懷中也自然上揚了起來。

看到我露出笑容，哥哥也看起來很高興地笑了笑。能和哥哥一起歡笑，我感到很開心，也非常幸福。

「昨天我晉升成從士了，所以得到一個星期的休假，讓我回來村裡向家人報喜還有作準備。」

哥哥被巴哈姆特騎士團相中而去了王都，我以為會有好一陣子見不到他，但他竟然只用短短半年就從侍童升到從士，還從遙遠的王都趕了回來。

「我之前必須隨時緊跟著前輩騎士行動才沒辦法休假，不過今後就可以排休了，有空的時候我會再回來看妳的。」

「真的？」

「嗯，真的喔。」

我愈聽愈高興，緊緊抱住了哥哥。

而哥哥也用力回抱住我。

我很想就這樣一直抱下去，但哥哥輕輕地放開了我。

「那我們回去吧，我還沒跟村裡的大家打招呼呢。」

「好。」

我有點遺憾。我們手牽手朝森林的出口走去。哥哥牽著我的那隻手，變得比半年前更加健壯有力了。

無法入睡的我並不會作夢，所以，這不過是想起了過去的回憶而已。

當時從哥哥手上傳來的溫度，我至今依然記得很清楚。

我靜靜地向夜色伸出手。直到兩個星期之前，我都還以為這雙手再也觸碰不到任何事物。

然而，現在……

一邊度過漫漫黑夜，我發現自己很期待明天到來，不禁獨自露出了微笑。

＊　＊　＊

隔天——

「總之，這個城市並沒有什麼觀光勝地就是了。」

「這樣啊。」

我正和露緹一起在佐爾丹的平民區散步。

今天的計畫是帶著還沒熟悉這裡的露緹逛逛平民區。

天空只有少少幾朵雲在飄動，是舒適的好天氣。

走在被踏平、堅硬的泥土路上，幾個拿著樹枝玩冒險者扮演遊戲的孩子從我們身旁跑過去。

「哥布林，給我站住！」

「嘎喔！」

扮演哥布林的孩子可能是想要恫嚇，但不知為何卻在逃跑時學著龍吼叫。孩子們掀起一片歡樂的笑聲。

這是平民區日常見慣的景象。其中一個在跑的小男孩注意到我而轉過頭來。

「啊，是雷德哥哥！下次也要教我怎麼釣魚喔！」

「可以啊，不過我目前很忙，過一陣子再教你吧。」

「耶！就這麼說定了！」

男孩舉起雙手發出歡呼。接著，他像是突然察覺到什麼似的，擺出了他所能做到最認真的表情。

「雷德哥哥。」

「怎麼了？」

「你不可以花心喔！」

「她是我妹妹啦，前陣子才來到佐爾丹。」

我苦笑著揉了揉小男孩的腦袋，他則一邊笑著說：「別揉啦！」一邊抓住我的手臂抗拒地搖著頭。

「喂！」

「啊，在叫我了。那雷德哥哥下次見喔！」

小男孩朝他的朋友跑了過去。

我抱著平靜的心情目送他的背影遠去。這就是和平的佐爾丹早上的風景。

當小男孩已經跑遠之後，露緹微微傾著頭說：

「跟他說我是你妹妹沒關係嗎？那孩子和第一次見到的那個成年半妖精不同，一定會把我的事情說出去。」

「妳的『勇者』身分，還有我是騎士吉迪恩這件事當然要保密。但是，妳可是我最引以為傲的妹妹，這又不是什麼壞事，所以不用再瞞著大家了。」

「……這樣啊。」

聽到我這麼說，露緹先是睜大了眼睛，隨即揚起嘴角輕輕點了點頭。

我們兩人走著走著，眼前就出現了一棟很熟悉的建築物。

「那是我經常去的桑拿店。老闆是一個叫做傑夫的伯伯，有匠人脾氣，是個很有意思的人。」

我現在一樣會定期送香袋給他。本來我還在擔心大家會不會膩了，不過散發著藥草香氣的桑拿似乎深深擄獲了佐爾丹居民的心。現在才早上十點左右，店裡就已經聚集了不少人。

「桑拿。」

露緹盯著傑夫的店看了起來。

「要不要進去看一下？」

雖然可能會多花一點時間，但也沒有非要今天就帶她把整座城都逛完不可。

我離開露緹的隊伍差不多將近兩年了。稍微繞個路，把過去分散異地的時光填補回來也沒什麼不好的。

聽到我的提議，露緹轉過身看我。

「我還沒有去過這種桑拿店。」

「是這樣嗎？」

在我們從小長大的村子裡，用來燻製保久食品的小屋閒置時也會用作公共桑拿室；但畢竟只是小村子，並不是這種開門做生意的桑拿店。等到露緹踏上勇者的旅程後，我們也沒有閒情逸致在遭到魔王軍侵襲的地方洗桑拿，而消滅威脅後暫居下來收拾善後的日子，我們都是使用領主宅邸或王宮的桑拿室或浴池來洗澡。

我確實從來沒有和露緹一起來過這種桑拿店。

「那就是初次體驗了啊。這裡和王宮那種豪華的桑拿不一樣，設備很簡單，就是把加熱過的石頭放進火爐而已，雖然店裡還有其他客人會有點吵，不過我覺得這樣其實還滿不錯的。」

「那我也想試一試。」

「好，那就走吧。」

「嗯。」

我和露緹走進傑夫的桑拿店，店裡有好幾組客人正津津有味地享用著洗完桑拿之後的啤酒。早上就喝酒似乎特別有滋味。

「歡迎光臨。這不是雷德嗎？」

傑夫露齒一笑，歡迎著我們。打工的青年正忙著給客人上酒之類的東西，看起來沒空搭理我們。

「真是生意興隆啊。」

「這都得多虧你啊。這位小姑娘我倒沒見過呢。」

「她是我妹妹。」

「啥？我可沒聽說你有妹妹啊。」

傑夫目不轉睛地盯著露緹看。啊，好像不太妙。

「……唔！」

他那長著皺紋的臉上冒出冷汗，放在櫃檯上的手不斷顫抖，發出喀答喀答的聲響。

「傑夫，這是……」

我連忙思索著要找什麼藉口。

然而，傑夫閉上眼睛移開視線之後，便用力做了個深呼吸。

「呼，抱歉。已經沒事了。」

「啊，不是的，是我們不好，我妹妹她……」

「客人的加護和來歷我是不會過問的。小姑娘，抱歉讓妳有不愉快的回憶。」

露緹一臉意外地看著傑夫向她鞠躬道歉。她應該是第一次遇到這種反應吧。尊敬、恐懼、憎恨……無論是什麼樣的情緒，見到「勇者」的人一般來說都無法無視「勇者」的存在。

像傑夫這樣和她保持距離的應對方式，真的很罕見。

不過，這就是佐爾丹的作風，不會探究他人的過去。

「給你，這是兩人份的。」

我把兩枚四分之一佩利銀幣的費用交給傑夫。

從他那裡接過衣櫃鑰匙和毛巾後，我們離開了櫃檯。

「那麼在進去之前，我先說明一下吧。」

「哥哥不和我一起進去嗎？」

「嗯，男女是分開的。」

「這樣啊。」

露緹看起來很失望。

「但洗完桑拿後，可以在這裡喝飲料或吃一些輕食點心。雖然這個時間有點不上不下，不過待會就一起吃點什麼吧。」

「嗯。」

接著，我把使用公共桑拿的方法告訴露緹。她用以她來說相當認真的表情不斷地點著頭。

「大致上就像這樣吧。那就……我想想，今天我會洗快一點，二十分鐘左右就會出來，露緹妳呢？」

「我也一樣。」

「好。妳不用在意時間，慢慢來就好。就算想洗久一點，我也會在這裡悠閒地等妳出來的。」

「不要緊。」

「這樣啊，那好吧。」

於是，我暫時和露緹分開，往各自的更衣間走去。

＊　＊　＊

雖說上次一直在和岡茲還有史托姆桑達較勁，但桑拿室可不是能強行長時間待在裡面的地方。

我走出桑拿室後，用水甕裡的水沖掉身上的汗。冰涼的水澆在火熱的身體上非常舒服。換作是大貴族的桑拿，還會設置用來冰水的冷卻爐，能夠享受到置身嚴冬湖水一般的透心涼，不過佐爾丹不可能有那種魔法裝置。

然而，就算沒有那種東西，普通的水也完全足夠讓洗完桑拿而大汗淋漓的身體涼爽起來。

「差不多可以出去了。」

距離說好的二十分鐘還有點早，但我還是換好衣服回到了大廳。

之後又過了幾分鐘，露緹在剛好二十分鐘的時候回來。

「這邊！」

我叫了她一聲，露緹便坐在我旁邊的椅子上。

「妳要喝什麼？」

「哥哥喜歡的就好。」

「嗯，這個嘛……那就喝水果牛奶吧。」

跟傑夫點完東西後過了一會兒，裝在木杯裡的水果牛奶就端了過來。

這個飲料酸酸甜甜的，很好喝。

我用眼角餘光一看，發現露緹也正大口喝著。

「「噗哈！」」

我們同時喝完，又同時放下杯子。

「好久好久沒有像這樣和哥哥待在一起了。」

露緹泛起微笑說道。

「剛開始旅行的那陣子，一直都和哥哥在一起。那時候的我還很弱，哥哥總是在幫我，還教會我好多東西。」

「剛啟程的時候嗎？畢竟當時妳的加護等級還很低呀。」

「那陣子的旅行很新鮮，而且還有哥哥陪著我。」

「真令人懷念呢。」

故鄉遭到魔王軍襲擊時，我和露緹一起壓制哥布林當作老窩的廢棄礦坑，讓附近的村民躲進去避難。

後來我們襲擊魔王軍的營地，並解決武器商人的問題讓他為我們提供武器倉庫，接著開始籌備武器，最後和持有武器的村民們一起搶回被占據的村子。

對於向整個大陸發動進攻的魔王軍而言，那只是一處無足輕重的戰場。敵軍都是獸人掠奪部隊以及被他們拉攏的魔物和盜賊，惡魔也只有寥寥幾名下級軍官。無論是魔王軍還是阿瓦隆大陸聯合軍，都沒有在那場戰役投入主要戰力。

即便如此，那場戰役中的每個人都認真應戰。因為他們要守護的是自己的村子，還有住在那裡的家人。

這場遠比起世界的命運更貼近自身、更多肉搏的戰役，就是我們啟程的冒險。

對露緹來說，她是第一次離開村子，新奇的事物太多了。第一次看到獨角獸時，她撫摸著獨角獸白毛的模樣相當恬靜。

然而……隨著「勇者」加護等級愈來愈高，她也逐漸失去了這些。

「啊！」

少女的嗓音打斷了我的思緒。

一個矮人少女看著露緹瞪大了眼睛。

「妳是剛才甩水的那個人！」

「甩水的人？」

聽她這麼說，我偏過了頭，露緹的肩膀則抖跳了一下。

少女露出彷彿再次見到英雄一般的笑容。

「她很厲害唷！從桑拿出來之後嘩啦啦地澆了一身水，然後甩動一下身體，水就全部被甩掉了呢。」

少女有如興奮的孩子如此大聲說完，那些應該是和露緹一起洗了桑拿的女性們也紛紛看向她，異口同聲說道：「真的很厲害！」引起了小小的騷動。

原來如此，露緹拿著的毛巾只有一條是溼的。

一開始我還以為她沒把毛巾帶進桑拿，但看來她根本不需要毛巾，只要抖一抖身體就能把身上的水甩掉。這是擁有超人般的體能才能做到的技能。

露緹不知所措地垂著頭……嗯。

「很厲害吧？她可是我最引以為傲的妹妹喔。」

「她是大哥哥的妹妹嗎？好驚人唷！」

聽到我這麼說，少女開心地蹦跳了起來。

「哦？雷德有妹妹啊……」

周圍的人們似乎也因為她的身分從不明人士變成我這個藥店老闆的妹妹而紛紛放下心來。

「我還是第一次看到那麼厲害的方法耶。」

「是呀，她跟雷德不一樣，看起來很強呢。」

「我妹妹剛來佐爾丹沒多久，我正在帶她認識環境。」

「哎呀，原來是這樣啊。」

接著，她們的話題又轉移到自己養的狗身上，我和露緹隨便打聲招呼就離開了。走出桑拿店後，露緹看起來有點沮喪。

「對不起。」

「幹麼突然道歉？」

「我沒想引起注意的。」

露緹應該只是想要有效率地弄乾自己的身體吧。她似乎直到現在還是不明白那麼引人注目的原因，只覺得自己給隱姓埋名經營藥店的我添了麻煩而感到沮喪。

我溫柔地摸了摸露緹的藍髮。

「露緹，妳在這裡不用顧慮那麼多。」

「可是……」

「我確實是隱瞞了自己的身分，但誰也沒有過問我們的事，不是嗎？」

「嗯。」

「就算妳有一點引人注目，在佐爾丹這裡也不會有事。所以妳不用顧慮太多，想做什麼就做什麼吧。」

露緹用紅色的眼眸凝視著我。總覺得那雙宛如紅寶石色湖畔的眼眸，似乎產生了些許動搖。

「真的沒關係嗎？」

「嗯，能把我引以為傲的妹妹介紹給大家，我高興都來不及呢。」

這是我的真心話。我現在一樣巴不得把露緹介紹給所有住在佐爾丹的熟人認識。但我還不了解露緹那邊的情況，也不曉得要以什麼形式來介紹她，所以這件事暫時擱置了下來。

「我是你引以為傲的妹妹嗎？」

露緹小聲說道。儘管聲音小到像是在嘴裡咕噥，但我絕對不會漏聽她說的話。

「妳可愛善良又坦率，是我引以為傲的妹妹。」

我直白地告訴她。

露緹臉龐一紅——雖然只有我看得出來就是了。她感到很害羞。

這個模樣也很可愛。

「好，那就繼續帶妳認識環境吧。接下來去市集逛逛如何？」

「嗯。」

露緹朝我伸出手。這種感覺真令人懷念，我也握住了她的手。

我們兩人手牽著手，走在佐爾丹平民區的路上。

＊　＊　＊

哥哥的體溫透過牽著的手傳了過來。

現在引領我前進的並不是什麼「勇者」，而是哥哥的手。

這讓我開心得不得了。

「哥哥。」

「嗯？怎麼啦？」

「沒事。」

我毫無意義的呼喚聲讓哥哥輕笑起來。他的表情比我得到的任何財寶都還要珍貴。

真的太幸福了……

如果可以實現一個願望的話，我希望今天能夠永遠持續下去。

但是把「勇者」這個加護推給我的就是神明……那我到底該向誰許願才好？

我沒有頭緒，只能把這個願望悄悄埋藏在心底。

＊　＊　＊

夜晚——

我們四人一起吃晚餐，露緹依然面無表情，但全身都散發著開心的氛圍。

「對了，家裡有浴室，回旅館前要不要先洗個澡？」

「嗯，我要洗。」

在外旅行的時候，泡澡的機會一定會變少。

由於保持乾淨很重要，我們當然會仔細清洗、擦拭身體，但通常都是用水桶和毛巾來解決。

在故鄉的時候，也是把老舊的大鐘翻過來充當浴桶。

說是大鐘，其實大小也只容納得下一個小孩子。

大人都是用水沖洗身體，並不會泡澡。

我的故鄉那裡深信每天泡澡就不容易生病的說法，為了至少讓容易生病的小孩子能夠泡澡，村裡的鑄器店才會把因為老舊而被丟掉的教會大鐘修復之後捐出來。

所以，我和露緹小時候都能三天泡一次澡。

「我們以前還一起泡過澡呢。」

大概是想起了同一件事，露緹一臉懷念地這麼說道。

那個浴桶是直接在大鐘下方點火來加熱的。

當然這樣一來底部會非常燙，因此還會放一塊木踏板進去，下水之際要踩在踏板上使其沉下去，小心避免碰到底部。

泡澡時會有一個大人在旁邊顧著，年紀較小的孩子也會有父母幫忙洗，不過我們兩個都很懂事，從露緹兩歲起，都是由我抱著她泡澡。

露緹用小手緊緊抱住我，和我一起泡進浴桶後，聽到父母說：「這孩子不哭不鬧也不會笑。」她就會綻放出欣喜的笑容。

那樣的她非常可愛，所以直到浴桶真的塞不下我們兩人之前，我們都是一起泡澡的。露緹也不討厭跟我一起泡澡……我是這麼希望的。

「今天不一起泡澡嗎？」

太好了，看來她並不討厭。

「不了。再怎麼說，到這個年紀就不能一起泡澡了吧。」

「這樣啊。」

露緹看起來真的很遺憾。唔，兄妹一起洗應該沒什麼……才怪，果然還是不行。

「那我想跟莉特一起泡澡。」

「咦？」

莉特原本放鬆地坐在椅子上聽我們聊天，這時驚訝地叫了一聲。

「不行嗎？」

「……這個，嗯，可以唷。我也想和露緹好好聊個天呢。」

莉特露出微笑這麼說道，露緹也淡淡笑著點點頭。

露緹和莉特的確到目前為止還沒怎麼說過話。

莉特曾經在競技場敗給露緹，可能還是有點怕她。

露緹本來話就不多，若是不主動跟她說話，她也不太會開口。

或許這確實是個好機會。

「好，那我就去放熱水吧。」

「咦？」

接著出聲的是媞瑟。她匆忙揮舞起雙手。

「我也可以一起泡澡嗎？」

她這麼說道。

三個人感覺會有點擠，那也在附設的一人用小型浴桶裡放熱水好了。

「我去準備熱水，妳們隨意休息一下吧。」

當我這麼說完，打算起身之際，就看到媞瑟不知為何閉上了眼睛，一副作好覺悟的表情。

＊　＊　＊

海上，快速帆船希爾菲德的頭等艙內——

之前在佐爾丹引起一系列有關惡魔加護的騷亂，然後在和雷德決鬥時被砍斷右手而落敗的亞爾貝，正有氣無力地躺在床上。

他的腦袋隱隱刺痛，感覺不快的倦怠感遍布了全身上下。

即便如此，他也不認為現在的情況糟到極點，甚至心中還有一種滿足感。

「賢者」艾瑞斯正在他的床邊。

「呵、呵呵！雖然不知道妳究竟打算完成什麼使命，但沒有我賢者艾瑞斯在，妳是不可能成功討伐魔王的，露緹！」

艾瑞斯連日施展高等魔法而消耗了不少氣力，但那雙充血的雙眼依然炯炯有神，還高舉雙手如此大吼著。

蒂奧德萊正在為臉色蒼白躺在床上的亞爾貝施展治療魔法，充滿生命能量的光輝讓他瞇起了眼。

佐爾丹並沒有能夠施展如此強大治療魔法的人。過去和他組隊的「僧侶」麗婭就不用說了，就連身為佐爾丹聖方教會領頭人物的席彥主教應該也遠遠比不上她。

然而就算施展如此強大的魔法，也無法完全治好每天不停抽血的亞爾貝。

露緹和媞瑟開著飛空艇離去後，艾瑞斯、蒂奧德萊以及被契約惡魔帶過來且茫然自失的亞爾貝，他們三人留在原地紮營了幾天，無所事事地虛度光陰。

亞爾貝得知他們是「勇者」的隊伍後，興奮地覺得自己來到夢寐以求的地方，但更丟臉、更絕望的是，他是以骯髒罪犯的身分來到這裡，而非「冠軍」。

不過……現在不同了。

艾瑞斯腳邊的地板濺著鮮血，那是從亞爾貝的手臂上抽出來的血。

由於用魔法癒合傷口後又不斷增添新傷，導致他的手臂上都是歪歪曲曲的傷痕。

艾瑞斯凝聚精神，只見鮮血蠕動起來，描繪出類似圖紋的東西，指向了一個方向。

「果然沒錯！露緹就在世界盡頭之壁的方向！」

艾瑞斯的叫聲響徹了客艙。「勇者」這個詞，讓亞爾貝虛弱的心臟猛力跳動起來。

然而，與興奮的艾瑞斯和亞爾貝相反，蒂奧德萊的表情很冷淡。

「如果她去了世界盡頭之壁就麻煩了。就算走海路迂迴前往世界盡頭之壁，這趟航行也會缺乏補給，必須在中途借用大型克拉克帆船或軍用蓋倫帆船才行。沒有飛空艇的我們是追不上她的。」

艾瑞斯似乎沒打算回答她，只是看著濺了一地的亞爾貝的血笑了笑。

「這些血還殘留著契約惡魔的契約之力！也就是想要前往勇者身邊的契約！這些血擁有指引勇者露緹所在方向的力量！只要引發這個奇蹟！我就還追得上勇者！」

「看來你還是沒搞懂啊。」

蒂奧德萊冷眼看著大叫的艾瑞斯，低聲這麼說道。

艾瑞斯轉過頭狠狠瞪著蒂奧德萊。他的雙眼充滿殺氣，連身為B級冒險者的亞爾貝也不禁感到不寒而慄。

「什麼沒搞懂？」

「勇者大人是自己要丟下我們的，你追上去又有何意義？」

「為了打倒魔王，我賢者艾瑞斯的力量是不可或缺的！我只是為了拯救世界而盡自己一切所能。倒是妳，待在這裡做什麼？既然追上去毫無意義，那妳不會滾蛋嗎？」

「放你自己一人的話，亞爾貝早就被你害死了。」

艾瑞斯扭曲著臉龐，大步走向蒂奧德萊揪住她的前襟。

「我也會治療魔法！而且不會輸給妳！別忘了是妳自己說想要給他治療，我才交給妳來做的！」

「你錯了，艾瑞斯。」

蒂奧德萊的表情像是在同情艾瑞斯。

而這似乎讓艾瑞斯更加感到怒火中燒。

「治療患者不能只靠技能。如果不能陪伴在患者身邊，理解並撫平患者的傷痛，是沒辦法治好他人的。」

「哈！無聊透頂！莫名其妙！妳以為這種似是而非的理論騙得了我嗎！」

不管對現在的艾瑞斯說什麼，他大概都聽不進去。蒂奧德萊如此判斷，無力地搖了搖頭，輕輕拉開艾瑞斯抓住自己前襟的手。

「要不是人命關天，我就讓你吃點苦頭長長記性了……無論如何，亞爾貝的治療和健康管理就交給我。在你找到勇者大人之前，我一定會讓他活下去。」

「靠這點小事來賣人情可是會讓我感到很困擾的。」

「我沒要賣你人情。身為一名微不足道的聖職者，以及拯救世界的勇者大人的夥伴，我只是盡自己應盡的義務而已。既不是受人指使，也不是為了賣人情或得到他人感謝而奮戰至今；而是自己想要拯救世界才挺身應戰——至少我是如此。」

艾瑞斯用狠戾的表情瞪了一眼蒂奧德萊後，像是不想再和她待在一起似的腳步急促地離開了房間。

蒂奧德萊看著地上飛濺的鮮血，準備像往常一樣善後，於是打算拿水桶去裝水。

「需要我幫忙嗎……？」

亞爾貝這番話讓蒂奧德萊略顯訝異，她走回他身旁。

「不用在意，你好好休息就可以了。」

「……我有幫上你們的忙嗎？」

亞爾貝以無力但並未懷抱惡意的澄澈眼神注視著蒂奧德萊。

「這我不清楚。但多虧有你在，我們才得以離勇者大人愈來愈近。不管今後發生什麼事，我們屆時都會憑自身意志來選擇結果，而不是交給他人。亞爾貝，沒有你的話，我們是做不到這一點的。謝謝你。」

「是嗎……」

亞爾貝的嘴角浮現溫和的笑容。

接下來要前往世界盡頭之壁，而且走的還是南側海路……離佐爾丹很近。

失去的右手突然一陣刺痛。

「下次停靠的地點是貿易都市拉克，在那裡買隻義手吧。」

看著亞爾貝的模樣，蒂奧德萊這麼說道。

「拉克是藉由與群島諸國進行貿易而繁榮起來的城市，應該會有『鍊金術師』製作的義手。即使握不了劍，有一隻能動的右手也能減緩痛楚。」

「但這樣豈不是會耽誤行程……」

「別擔心，若沒有你在，我們根本追蹤不到勇者大人的下落，這點時間我們還是等得起的。」

說完，蒂奧德萊微微一笑。

亞爾貝凝視著自己那手腕以下都消失不見的右手。

「砍斷這隻手的男人是個古怪的傢伙。」

他回想那個佩戴銅劍的D級冒險者。

那傢伙很強，強到他甚至不知道彼此之間到底存在著多大的差距。

「明明有那麼強大的力量，為什麼不去當英雄？」

亞爾貝並沒有期望能夠得到回答，只是喃喃自語似的問著自己。

不過蒂奧德萊正色看著亞爾貝。

「每個人都必須選擇符合『加護』的生存方式。」

「這是聖方教會的教誨吧。」

「加護」是由至高神戴密斯所賜予的。而擁有「加護」之力的人，會被要求履行與加護相應的職責。

蒂奧德萊身為「十字軍」，同時也是聖地萊斯特沃爾大聖砦的聖職者，既然她都這麼說了，那應該就是正確解答吧。亞爾貝如此想著，逐漸要接受這樣的說法。

然而蒂奧德萊卻搖了搖頭。

「但『加護』並不是人。」

「咦？」

「人是有意志的。自己想要成就的人生、夢想、未來……難道要因為擁有能夠成為英雄的『加護』，就必須作為英雄而活嗎？就不能選擇其他條路嗎？」

「但這不是神所期望的嗎？」

「既然如此，神為何要賦予人意志？如果完成『加護』的職責便是一切，那我們豈不是根本不需要意志嗎？」

「這個……我也不清楚。」

亞爾貝並不是神學家，也不是多狂熱的信徒，不可能和身為聖職者的蒂奧德萊進行神學問答。

「抱歉，其實我也還在尋找答案。」

「蒂奧德萊小姐也會感到迷惘嗎？」

「畢竟勇者大人拋下了我們。我可沒有洞悉世間萬物到遇上這種事情還能夠不感到迷惘啊。」

蒂奧德萊苦笑起來。

「那個砍斷你的手的男人叫什麼名字？」

「他叫雷德。」

「雷德嗎……有機會真想會會他啊。」

蒂奧德萊如此低聲說完，便離開客艙去拿清洗地板血漬的水桶和刷子了。

亞爾貝目送她的背影離開後，閉上了雙眼。

果然體力還是消耗了不少，他的意識很快就陷入沉睡中。

＊　＊　＊

滴答。這是一滴水從天花板落下的聲音。

盯著擴散開來的漣漪，我明明泡在溫暖的熱水裡，卻感覺到一股寒氣。

我叫做媞瑟。

擁有刺客的加護，是勇者露緹大人的朋友。

我現在正在泡澡。實不相瞞，我這個人熱愛泡澡，殺手同伴還稱呼我為「澡堂評論家媞瑟」。

趁著工作之餘，我記錄各大都市的公共澡堂、溫泉地以及驛站區澡堂設施寫成一本評論手冊，現在是殺手公會的成員擬定遠行計畫時都覺得方便實用的必備書。畢竟整天打打殺殺的殺手工作是需要滋潤的。

其實，需要脫光的澡堂對暗殺工作來說是絕佳時機，因此這本手冊也能用來確認武器的保管位置和逃跑路線等，並非只是寫好玩的。

而對於熱愛泡澡到甚至寫了本手冊的我來說，這個浴室……分數很高。

首先，有兩個家庭用的澡盆就很加分。

現在我所泡的壺型澡盆可以享受到屬於自己的一片小天地。

社會是需要溝通能力的世界，即便是殺手也不例外。倒不如說，殺手每次都要將自己扮演成不同的角色潛入都市，正是一種身處溝通能力重壓之下的職業。

我們無論何時都不能隨意開口。必須時刻注意自己想說什麼，以及所說的話會帶來什麼樣的影響，控制好溝通能力才行。而這件事極為勞心傷神。

在殺手之中，也有許多前輩雖然殺人功夫一流，但就因為溝通能力不佳，永遠無法出人頭地。

我的偽裝技術是被師父磨練出來的，不管什麼角色我都能夠勝任，但這並不代表我喜歡偽裝自己。

總而言之，我現在泡在自己專用的澡盆裡，這個壺型空間被名為媞瑟·迦蘭德的自己所占據，讓我感到很幸福。

水是在管線裡加熱這一點也很棒。

如果有人負責在外面加熱洗澡水的話，無論如何都會感到不自在。

但是這個澡盆只需要稍微探出身子調整一下閥門就能改變水溫。

「給四顆星吧。可惜的是澡盆還滿深的，我坐下去的話，水就會浸到嘴巴。」

我說出口的話變成噗嚕噗嚕的聲音，誰也不會聽到。

我的個子很矮。儘管我的戰鬥方式是從背後給予要害猛烈一擊，而不是憑藉強悍的力量，因此矮小的身體更有利，但也帶給我許多生活上的不便。

憂憂先生抓到被浴室溼氣吸引來的蟲子正在用餐。

看著牠用前腳抱住獵物吃得津津有味的模樣，我感到心中暖融融的。唉，還是別再逃避現實了，正視眼前的狀況吧。

其實也不是出現了什麼問題。

只是勇者露緹大人和莉特小姐正泡在同一個浴池裡而已。

我這一路近距離關注露緹大人下來發現一件事……那就是露緹大人喜歡她的哥哥吉迪恩先生，而且到了迷戀的地步。

但吉迪恩先生和莉特小姐是兩情相悅，一看就知道他們在熱戀中。

而且對吉迪恩先生來說，露緹大人不過是他最心愛的妹妹，和對於莉特小姐的喜歡不一樣。

「泡起來很舒服吧？」

「嗯。」

面對面交談的這兩個人根本聊不起來。

露緹大人從剛才開始就一直緊盯著莉特小姐，回應都很簡短，虧莉特小姐承受得住這種情況。

即便露緹大人沒有惡意，以一般人的膽量也承受不住與「勇者」正面對視。

就連已經和露緹大人成為朋友的我，待在她旁邊也遠比正視她輕鬆多了。

再說，我覺得自己沒辦法斷定現在的露緹大人對莉特小姐沒有任何惡意。

我就是慎重起見，為了防範出現什麼差錯才會一起進來泡澡。

「莉特。」

露緹大人終於主動搭話了！

我膽顫心驚地作好隨時可以衝出去的準備。

這只是以防萬一而已！

「什麼事？」

「莉特已經和哥哥一起洗過澡了嗎？」

劈頭就質問了一句！好可怕！

「嗯，一起洗過了喔。」

毫不留情地反擊回去了！好可怕！

兩人之間並沒有一觸即發的跡象。

雖然沒有，但身為殺手的我見過無數次人渴望他人死去的場面，我很清楚感情的事情有可能引發殺機。

「我也有。雖然是很久以前的事情了。」

「雷德……吉迪恩小時候是怎樣的人啊？」

「和現在沒什麼差別。」

「意思是他沒有成長嗎？」

「不是。我是想說哥哥一直都很帥氣。」

露緹大人微微垂下眼眸。

仔細一看，她的臉頰染上了紅暈。

「我以前很弱。」

「真的嗎？看著現在的妳，我實在不敢置信呢。」

「真的。雖然大家都以為我第一場戰鬥的對手是襲擊村子的獸人輕騎兵，但其實不是。第一場戰鬥是去附近山裡尋找走失的孩子時發生的。」

「走失的孩子？」

「我當時五歲，也是個小孩子。但因為我是勇者，所以不能坐視不管。」

「加護的衝動啊……」

莉特小姐神情認真地低聲說道。

加護的衝動大概是這世上所有人的共同煩惱吧。

要麼過著加護所期望的人生，要麼反抗加護決定自己的人生。

很多人都選擇過著加護所期望的人生。因為不斷反抗衝動是很痛苦的事情，而且加護所賦予的技能可以幫助自己度過那樣的人生。

但那不見得是本人所期望的人生。

當我的腦袋轉著這些思緒時，露緹大人一反常態地侃侃談起勇者的第一場冒險。

＊　＊　＊

初春某一天，一個和我沒有任何關係的女孩子在山中走失了，當時山上的動物們剛從冬眠中甦醒，都飢腸轆轆地四處尋找餌食。

哥哥那天出門不知去哪了，我沒有其他人可以依靠。

爸爸和媽媽也沒有強到能夠踏進這個季節的山中。

儘管知道十分危險，但「勇者」還是驅趕著我非去不可。

山上還殘留一點白雪。河川傳來隆隆水聲，應該是因為積雪融化成雪水的緣故吧。對於五歲的我而言，不只是魔物，就連動物也是致命的對手。

我手裡只有一把靠不住的小刀。

天就要黑了，我一邊呼喚那個女孩子的名字，一邊不斷地走著，避免遭到山中的威脅包圍。

我察覺到一股氣息，轉過頭去，就看見一隻巨狼正用打量般的眼神看著我。

但可能是沒胃口吃我這種渺小的獵物吧，牠不感興趣地移開視線後，消失在黑暗的森林中。

換作是一般小孩，即便鐵打的勇氣也會融化，早就尖叫著逃走了吧，這是合情合理的反應。然而，我心中沒有一絲一毫恐懼。

我只知道威脅遠去了，可以繼續這趟危險的冒險旅程。

在周遭完全暗下來的時候，我終於發現了那個女孩子。

她似乎因為找不到回家的路，於是尋到一處溫暖的洞穴躲進去哭泣。附近的樹上殘留著巨大的野獸爪痕，洞穴內部也傳出強烈的野獸臭味。

如果擁有感知技能，應該就會發現藏身在洞穴深處的巨大存在了吧。

那個孩子已經被魔獸鴞熊當作獵物了。

鴞熊位於這座山的食物鏈頂點，大概連剛才那隻巨狼也逃不掉鴞熊的獵捕。本應立刻被吃掉的女孩之所以還活著，可能是因為鴞熊在其他地方進食過了。

現在不殺她，是鴞熊知道人類的孩子很容易就能殺死，而牠想要盡可能在獵物新鮮的狀態下進食，才暫時沒對她下手。

雖然我擁有「勇者」的加護，但當時的加護等級只有1級，也還是小孩子的體型。對手則是據說加護等級15級以下毫無勝算的鴞熊，實力差距顯而易見。但我又不能坐視不管，這大概就是「勇者」加護的缺點吧。

加護不畏懼死亡，把「勇者」的責任擺在生存之前。

而且，我根本就不需要想這麼多。

「露緹！」

因為那個女孩子看到我後，大聲喊出我的名字並哭著跑過來，讓洞穴裡的鴞熊知道有新的餌食出現了。

「咕哦哦哦哦哦哦！」

鴞熊吼叫著衝了出來。

我拔出小刀反握刀柄。勝算微乎其微，但不贏就是死路一條……機會只有一次。鴞熊衝過來朝我揮下爪子，牠的速度實在太快，我不可能躲得掉。

所以，我將左手放在自己的胸口，等待那個瞬間。

接著我的身體被鴞熊撕裂。

「治癒之手。」

然而，理應被撕裂的我卻毫髮無傷。

我將「治癒之手」的力量發揮到極限，在被撕裂的瞬間治癒了自己的身體。攻擊到的對手竟然完好無損，這件事可能也出乎了鴞熊的意料吧。

我逮住機會，舉起反握的小刀狠狠刺進鴞熊的左眼，鴞熊痛苦地發出咆哮。

（太淺了……）

縱使用小刀全力刺擊，也只貫穿了牠的眼球。

傷口很深，或許遲早會要了牠的命。

但如果要對牠造成無法行動的致命傷，刀刃就必須刺進牠的腦袋才行。

「咚」的一聲，我被鴞熊揮動的臂膀打飛到空中。

擊中我的並不是爪子，所以沒有當場死亡，但也就僅此而已。

我的身體在地面滾動了好幾圈後終於停下來。我拚命試圖舉起小刀，手臂卻無力地晃動著……骨頭斷了。

我已經盡了全力，只能這樣也是無可奈何的事。

加護可能也承認了這一點，並沒有逼我站起來去送死。它似乎大發慈悲地允許我在最後躺著死去。

反正就算活下去，也只會像這樣為了不重要的人吃苦頭。

反正就算活下去，也只會在吃了苦頭後又被人私下議論我是個陰沉可怕的孩子。

反正就算活下去，也只會讓那些嘲笑我陰沉可怕的人在需要我的時候才來祈求我幫助他們。

已經夠了。我在出生後活了五年。

如果從懂事的時候算起，時間更短。

但是，對於當時還沒有絕望抗性的我來說，這些日子足夠讓我對人生感到絕望。

然而……有一個人。只有一個人，從來不會向我尋求幫助。

他總是會在我需要幫助的時候來幫我。

他很疼愛我，說我是他可愛的妹妹。

其他一切我拋棄掉都不會覺得可惜，不管是父母、故鄉，甚至是世界。

可是，唯獨再也見不到哥哥這件事……絕對不能發生。

想到這裡，我都還沒有動念，那句話就自然而然地脫口而出了。

「哥哥救我！」

白刃如閃電一般竄過。

鴞熊的眼睛被捅傷而造成視野死角，從牠左側刺來的那一劍，貫穿渾厚的肌肉鎧甲破壞了心臟，一擊就殺掉了這頭足足有七百公斤重的巨獸。

「露緹！妳沒事吧！怎麼受了這麼重的傷！」

那個人沒有為打倒鴞熊感到驕傲，甚至瞧都沒瞧一眼倒在地上的豐碩戰果，而是在看到我身上的傷之後……流下了眼淚。

「對不起，我來晚了，真的很抱歉……」

「我沒事，多虧哥哥救了我。」

不過，我根本不在意那些痛楚。

因為眼前這個人，在我痛苦的時候總會陪伴在我身邊，也會為我流淚。

這一點讓我很開心，勝過了痛楚及其他一切。

＊　＊　＊

說完後，露緹大人一直盯著天花板。

她的臉頰泛紅應該不是泡昏頭的緣故。

「原來露緹也一樣啊。」

莉特小姐同樣看著天花板，好似在回憶著什麼。

「當錫桑丹殺了我師父，以及那些相信我、願意助我一臂之力的近衛兵團及冒險者們的時候，我陷入了絕望。明明在那之前還向你們誇下海口說自己的國家要由我們自己守護。當時我滿心認為自己沒被生下來就好了，覺得一切都是我害的。」

「嗯。」

「是雷德在我絕望時對我伸出了援手。他為了救我，不等你們趕來就衝到錫桑丹面前和他打了起來，還鼓勵我與其後悔不如去報仇雪恨。」

這些應該是在洛嘉維亞公國的戰役中發生的事情吧。莉特小姐閉著眼睛，看起來正在回憶當時的情景。

「我想露緹也有看到，我在幻惑森林裡無數次瀕臨絕望。畢竟感覺自己一直在同樣的地方轉來轉去，在森林裡走了一整個星期……我還在想，洛嘉維亞可能已經輸掉戰役，所有人都被殺掉了。」

明明是很沉重的話題，莉特小姐的表情卻很開朗。

那想必是一段辛酸的過往，卻也是與吉迪恩先生相識的回憶。

「不過，有雷德在我身邊，他和我並肩作戰，要我去拯救洛嘉維亞。在陽光都照不進來的黑暗森林裡，我很慶幸身邊有雷德的陪伴。我還是第一次有那樣的心情。」

莉特小姐一邊抱膝遮住嘴巴，一邊笑了起來。

哎呀，原來如此，吉迪恩先生是這樣的人啊。

同樣的經歷日積月累下來，也難怪露緹大人和莉特小姐會喜歡上吉迪恩先生了。這時，露緹大人用雙手掬起熱水。

從掌心溢出的熱水發出嘩啦啦的聲響。

「我現在泡澡沒有以前那麼舒服了。」

「咦？」

「會覺得泡澡很舒服，是因為泡澡可以暖和身體、促進血液循環，以及撫慰疲勞的肌肉。」

露緹大人又掬起熱水。嘩啦啦的聲響在浴池裡迴蕩著。

「我的身體具備一切抗性，無論遇到怎樣的極寒酷暑，體溫都不會有變化。洗澡水的溫度也一樣，對我來說只有『熱水』這個名稱有意義。」

嘩啦。

「我不會生病也不會覺得累，身體永遠保持在最佳狀態。」

嘩啦。

「飲食也一樣。我既不會餓，也不用喝水。雖然嘗得出味道，但我的身體並不需要營養。」

嘩啦。

「我會覺得泡澡舒服，是因為我記得泡澡很舒服，只是藉由回憶重新找回那樣的心情而已。」

嘩啦。

「小時候，我覺得哥哥泡的蜂蜜牛奶非常好喝，甜甜的很溫和，再多都喝得完。可是，今天的蜂蜜牛奶明明味道比以前更好，我卻覺得沒有那麼好喝了。不過就算這樣，我還是記得哥哥泡的蜂蜜牛奶很好喝。」

原來如此……這就是所謂的把問題複雜化嗎？

露緹大人是最強的人類。

我、艾瑞斯大人、達南大人、蒂奧德萊大人以及吉迪恩先生的實力應該也足以登上人類的巔峰。

但我們都不是最強的，就算我們聯手也打不贏勇者。露緹大人再也無法體會受到他人幫助的感覺。

情緒也不會像過去一樣起起落落，有害的情緒幾乎都因為露緹大人的加護而喪失了。所以，露緹大人只能懷戀過去。

（……露緹大人只剩下吉迪恩先生了吧。）

莉特小姐也一臉呀然的模樣，說不出任何話。

這就是……勇者的加護嗎？人類的希望、被神選中的英雄、世界最強的力量。

「在洛嘉維亞一起行動的時候，我很討厭妳。」

「畢竟我那時候很排斥勇者嘛。」

莉特小姐泛起苦笑。

「不是的，我是很羨慕妳。想笑就笑，想生氣就生氣，想哭就哭……想戀愛就戀愛。看著妳不斷拉近和哥哥的距離，我好羨慕，好羨慕……」

滴答一聲輕響。

那是小水珠從露緹大人的雙眸滑落水中的聲音。

「真的好羨慕……所以我很討厭妳。雖然哥哥和艾瑞斯都說應該邀請妳入隊，但我還是沒有跟妳開口。」

「……露緹。」

「莉特，媞瑟……這就是我。」

露緹大人明顯地揚起我和莉特小姐都看得出來的笑容。

「這就是『勇者』露緹……莉特，我並不想當什麼『勇者』，而是想成為妳。」

我誤會了。是我太不中用，操了不必要的心，完全沒有搞清楚真正的問題所在。在場的不該是我，而是吉迪恩先生才對。

拯救過露緹大人的，一定只有吉迪恩先生而已。

她的笑容悲傷到令人不忍直視。

一隻小手拍了拍我的肩膀，我轉頭發現是憂憂先生。

「咦，不對？」

憂憂先生揮動起雙手。

要是憂憂先生能夠出聲的話，應該正在大叫吧。

（哪有什麼中用不中用的，今後才要開始呢！）

憂憂先生這麼喊著。是啊，牠說得很有道理。

受困於「勇者」的桎梏，連自身意志都無法掌控的公主殿下。

能夠拯救公主殿下的英雄是吉迪恩先生。

那麼，我就是「引導」英雄的魔法師囉？

我忽然意識到一道視線。莉特小姐正看著我，我們對上彼此的視線。

她微微點了點頭，眼神蘊含堅定的意志。儘管時間短暫，但莉特小姐也是和勇者大人一同冒險過的夥伴。引導英雄的魔法師是兩人加一隻。

故事的角色分配大概就是這樣了吧。受困的公主陷入苦惱的劇情已經很足夠了。

既然如此，接下來該輪到我來引導英雄，讓英雄和綁架公主的惡龍決戰，救出公主。我並不曉得該怎麼做才能拯救露緹大人。

不過，我和憂憂先生是露緹大人的朋友。

所以看不到終點又如何，今後才正要開始呢！

這是個描述勇者大人得到救贖，大家一起歡笑的故事！

幕間

虛假世界的故事

這並不是雷德與露緹的故事，也不是存在其他可能性的另一個世界。

僅僅是一個不存在的虛假故事。

就算世界再輪迴一百萬次，只要露緹還是露緹、雷德還是雷德，這個故事就永遠都不會變成現實。

這是假設他們兩人再稍微忠實一點地履行「勇者」與「引導者」職責的故事。

＊　＊　＊

自從掌控暗黑大陸的憤怒魔王泰拉克遜開始侵略阿瓦隆大陸後，已經過了三年。

魔王在短短三年內毀掉四個國家，將一半的大陸納為己有。

看這形勢，人類可以說是無計可施……然而，神並沒有拋棄人類。

預言指出「勇者」將誕生。

而指揮幾乎沒有防衛戰力的地方部隊，擊退魔王軍先遣部隊的少女——勇者露緹・萊格納索，帶著「勇者」的加護這個簡單明瞭的證據來到王都。她殲滅了擾亂王都的地下盜賊團，現在則為了得到相傳是前代勇者遺產的「勇者之證」，正在古代妖精的遺跡中前進。

古代妖精的遺跡就在王都阿瓦隆尼亞附近，但由於遺跡大門被未知的魔法緊緊封鎖起來，至今沒有人能夠深入其中。

那道門上面用古代妖精語寫著：「當魔王出現時，勇者亦會現身。吾等所求只有勇者，唯有勇者可獲得吾等的力量。」當勇者露緹來到遺跡門口之後，數百年來從未讓任何人通過的大門便開啟了。

＊　＊　＊

超過三公尺的巨大機械騎士——齒輪騎士舉著古代的劍與盾，發出嘎吱的聲響朝我們襲來。

「諸位！小心戒備！」

站在最前頭的勇者露緹（「勇者」等級16）如此大喊，舉起了劍。

賢者艾瑞斯（「賢者」等級14）、阿瓦隆尼亞王子基法（「武器大師」等級14）、高等妖精花店老闆亞蘭朵菈菈（「木之歌者」等級12），以及邊境冒險者吉迪恩（「引導者」等級32）。

勇者的隊友們團結一氣地對抗齒輪騎士。

「武技！連續劍！」

露緹迅速使出二連擊。

「火球術！」

艾瑞斯結印後，捲起了爆裂火焰。

「武技！連續劍！」

基法也迅速使出二連擊。

「飛葉刃！」

亞蘭朵菈菈結印後，樹葉化作小刀襲擊敵人。

「喝啊！」

吉迪恩以陶瓷劍攻擊敵人。經過一番激戰後，齒輪騎士終於跪倒在地，停下了動作。勇者他們著手治療在與強敵的戰鬥中受傷的身體。

「即使擊敗齒輪獸，加護等級也不會提升是個問題呢。」

「畢竟它們又沒有生命，這也沒辦法啊。」

艾瑞斯和基法看著被打倒的齒輪騎士嘀咕道。

「不過，齒輪獸可以成為資金來源喔，它們的零件和金屬都是現代無法生產的東西，我的劍就是用齒輪裝甲打造而成的。」

這麼告訴大家的是吉迪恩。他走近齒輪騎士的殘骸，拆下看起來派得上用場的零件放進道具箱。

「真不愧是馳名邊境的冒險者啊。」

艾瑞斯佩服地看著吉迪恩用俐落的手法揀選齒輪獸的零件。吉迪恩・萊格納索——勇者露緹的哥哥，作為邊境首屈一指的劍士而聞名的冒險者。他從勇者剛踏上旅程就陪伴在側，具備豐富的知識與經驗，連隊友都要敬他三分。

「露緹，勇者之證應該就在這裡頭。」

亞蘭朵菈菈對露緹如此說道。他們一行人探索這個遺跡的目的——勇者之證就近在眼前了。

聽到亞蘭朵菈菈這麼說，露緹雙眸綻放光采。

「嗯，勇者之證到手，國王就會相信我是勇者，還能得到前往各國的通行許可證和借用軍隊的權限。如此一來，我們就可以展開討伐魔王的旅程了呢！」

露緹為終於能正式踏上旅程感到雀躍不已，和隊友們一同朝深處前進。

＊　＊　＊

順利得到勇者之證後，阿瓦隆尼亞王國認可露緹為正統的「勇者」。阿瓦隆尼亞國王為了慶祝「勇者」再次降世，在他們啟程前舉辦了一場盛大的宴會。

勇者一行人暫時忘掉戰鬥，享受起美食與音樂。

「艾瑞斯，基法，原來你們在這裡啊。」

當宴會的氣氛緩和下來後，露緹發現艾瑞斯和基法不在會場中。她找了一會兒，就看到他們兩人在城堡的露臺看著外頭。

「露緹，其實妳不用在意我們，盡情享受宴會就好。抱歉，似乎讓妳擔心了。」

「你們在看什麼啊？」

「我們在欣賞這個城市。」

艾瑞斯這麼回答，指著沐浴在月光下的阿瓦隆尼亞城市。

「在這片月光下，有許許多多的人住在這裡。我覺得非常珍貴，更堅定我想守護這個城市的心情。」

「艾瑞斯……嗯，我也一樣。絕不能讓魔王在我們的世界裡胡作非為！」

他們的決心讓基法感到十分欽佩。

「其實我也想繼續和你們同行，但我很快就要結婚了。對方是鄧尼奇公爵的千金瑟蓮娜小姐，現在就在這座城堡作客，也有參加宴會。」

「啊，是那位看起來很溫柔的人吧！」

「沒錯。若對方令人討厭的話，我也會無視這樁婚事和你們一起旅行……但她是個很好的女孩子，我想留在她身邊保護她。」

「王子，我覺得這樣很好，你別在意我們。雖然時間短暫，不過和你一起冒險的時候很開心。」

「我也一樣啊！我的劍能幫到你們是最令我高興的事了。」

基法爽朗一笑，露緹和艾瑞斯也受到他的感染而笑了起來。基法是一個愛笑的男人，如果隊伍裡有他在，想必氣氛會很歡快。艾瑞斯對此感到很可惜。

「你們幾個。」

「亞蘭朵菈菈。」

在月光映照下，亞蘭朵菈菈的銀髮微微搖曳。她看起來有些生氣地走向露緹等人。

「真是的，竟然連露緹都跑掉也太過分了，吉迪恩正在找你們呢。」

「抱歉、抱歉。」

「你們可別太給吉迪恩添麻煩啊。」

聽到亞蘭朵菈菈這麼說，艾瑞斯偏過頭。

「妳還真愛幫吉迪恩說話呢。」

「什、什麼意思啊？」

露緹眼睛一亮。

「難道說亞蘭朵菈菈對哥哥……」

「才、才沒有呢！我只是有點擔心他……」

「哦！原來是這樣呀！」

露緹開心地這麼說著，捉弄起亞蘭朵菈菈。

艾瑞斯偶爾會心生疑惑，覺得露緹似乎沒有自己的情感和意圖，只是配合對方作反應而已。

不過，現在看到她也會像其他年紀相仿的少女一樣對戀愛話題感興趣，他便暗自苦笑自己想太多了。

「打擾了。」

就在此時，背後傳來一道少女的聲音。

艾瑞斯轉過頭，發現一名十歲左右的少女正捧著一束花看著他們。

「這些花送給勇者大人。」

「給我的嗎？謝謝妳！」

露緹帶著笑容走近少女。

「她是女僕嗎？」

艾瑞斯不經意地施展了「鑑定」。

「沒有加護？怎麼會！露緹！快離開她！」

「咦？」

聽到艾瑞斯的喊話，露緹立刻向後一躍。

下一瞬間，少女手中的花就爆炸了，實在是千鈞一髮。

等爆炸的氣浪散去後，少女的衣服破損，月光照耀在她的身體上。

「那是魔像！」

少女的身體是創造出來的作品。她轉動球形關節的手腳，就這樣面露可愛的笑容張開長著尖牙的大口。

「被躲開了啊……」

三個惡魔從遮蔽處走了出來。

「傀儡師惡魔！惡魔竟然已經入侵到王宮了！」

勇者等人舉起武器。

「雖然不曉得是真是假，但既然妳自稱是勇者了，我們就不能放過妳，受死吧！」

傀儡師惡魔們操縱著他們創造的魔像，朝勇者一行人發動攻擊。

＊　＊　＊

「這些傢伙真難對付啊。」

艾瑞斯按著被魔像咬傷的右手呻吟道。

「我幫你療傷。」

露緹對艾瑞斯施展「治癒之手」，傷口隨即癒合。

「可能還有其他惡魔在，馬上通知士兵加強警戒！」

基法的臉色也很凝重。

亞蘭朵菈菈若有所思地低頭注視著惡魔的屍體。

「為什麼他們會在這種時候……難道說！」

就在此時──

「呀啊啊啊啊！」

耳邊傳來淒厲的尖叫聲，以及無數餐具碎裂的聲音。

「在大廳！」

露緹等人火速趕往大廳，可以聽到門內有交戰聲。

「哥哥……！」

想必是吉迪恩在戰鬥。露緹將手伸向了門扉。

「呃啊——！」

「吉迪恩！」

門的另一側傳來吉迪恩的叫聲，接著便是一片靜謐。亞蘭朵菈菈推開露緹衝進了大廳，露緹等人也緊跟在後。

當他們踏進大廳的同時，也響起了彩繪玻璃破碎的聲音。

他們看見一道巨大的黑影飛向夜空逐漸遠去。

「怎麼會！吉迪恩！」

亞蘭朵菈菈抱起倒在地上的吉迪恩，悲傷地喊叫著。

宴會場化成了屠殺場，所有人都倒在地上一動也不動。

「父王！」

阿瓦隆尼亞國王也沒能倖免。基法奔向鮮血直流的阿瓦隆尼亞國王。

「不行，已經斷氣了！」

看著眼前的阿瓦隆尼亞國王面目全非的模樣，基法顫聲說道。

「嗚……大家。」

「吉迪恩！太好了，你還活著！」

「抱、抱歉……我沒有保護好陛下。」

「不要說話了！我馬上給你治療……」

「不用了，我已經沒救了……亞、亞蘭朵菈菈，幫我叫基法王子過來，我實在喊不出聲了……」

亞蘭朵菈菈立刻將夥伴們叫了過來。

「基法王子，瑟、瑟蓮娜公主她……剛才也在這裡。」

「你、你說什麼！那……」

「瑟蓮娜公主被惡魔帶走了……她還活著。」

「此話當真！」

「請、請收下這個，這是惡魔在戰鬥中掉落的東西。」

吉迪恩遞出一把短劍。

「這是土之戴思蒙德的紋章！」

「他大概把公主帶去土之四天王那裡了……唔……」

「好！你要說的我都知道了，已經可以了，你不要再說話了。」

「抱歉……露緹。」

「哥哥……」

「對不起，不能陪妳到最後……但是，妳不能為這種事難過……畢竟妳是要拯救世界的『勇者』啊。」

「可是……我知道了，你不要再勉強自己了。」

「呼……呼……最、最後一件事，亞蘭朵菈菈。」

「吉迪恩，我不要，不准你露出這種表情。」

「抱歉，我無法實現和妳一起去祈萊明王都的約定了……這個給妳。」

吉迪恩從口袋裡拿出具有抗毒及抗病效果的玳瑁魔法耳環給亞蘭朵菈菈看。

「我覺得和妳那對美麗的耳朵很相襯……」

「不、不要……求你了，要撐住啊。」

「妳一定……要……幸福……唔咳……！」

在最後咳出一口血後，吉迪恩的手臂無力地垂下，耳環滾落在地上發出聲響。

「不──────！」

亞蘭朵菈菈抱著吉迪恩再也動不了的屍首，放聲慟哭了起來。

＊　＊　＊

約莫一小時後，勇者露緹和賢者艾瑞斯火速作好啟程追趕惡魔的準備。

「要抓緊時間才行。」

「沒錯，必須趕在他逃進土之戴斯蒙德的城堡之前追上去。」

當他們整理好行囊後，傳來了敲門聲。

「我們可以進去嗎？」

「基法王子？亞蘭朵菈菈也來了？」

開門進來的是基法王子和亞蘭朵菈菈。

「你們這是怎麼了？看起來不像是來給我們送行的。」

基法拍了拍腰間佩戴的劍身較短的鬥劍劍柄，背上還有一面圓盾；亞蘭朵菈菈則緊握著四分棍。兩人都是一身旅行裝束。

「營救瑟蓮娜公主是我的責任。勇者，請帶我一起走吧。」

「直到為吉迪恩報仇雪恨為止，我都不會開店了。我不能原諒奪走我所愛之人的魔王軍。」

「謝謝你們兩位……這下更有信心了！」

於是，「武器大師」基法和「木之歌者」亞蘭朵菈菈正式成為夥伴，「勇者」露緹和「賢者」艾瑞斯終於啟程離開王都。

這不過是「勇者」故事的序章而已。

失去兄長的勇者忍著心中的傷悲，持續向前邁進。

她絲毫不畏懼在前方等待著自己的悲劇，身為人類希望的「勇者」，在彰顯正義的力量、討伐魔王撒旦之前絕對不會回頭。

（這麼說來……）

看見亞蘭朵菈菈眼角泛出的決然淚水，艾瑞斯忽然想到一件事。

（露緹在她兄長（吉迪恩）死的時候也沒有掉過一滴淚啊。）

如果艾瑞斯對於他人情緒再敏銳一點，或許就能察覺到露緹的內心已經被掏空了。

艾瑞斯將那一絲異樣感埋藏在心底，與因為是「勇者」才配合他人展露歡笑、悲傷、憤怒……否則根本不會有任何情緒，早已變成一具空殼的露緹一起踏上拯救世界的道路。

＊　＊　＊

接下來回到現實——

＊　＊　＊

「吉迪恩閣下！快來幫忙！」

基法王子一邊保護陛下，一邊向我喊道。

我朝闖進大廳的飛行惡魔拔出騎士劍。

「放他作亂可是會出現傷亡的啊。」

我雙臂凝聚力勁衝了過去，露緹也和我並肩同行。

「一擊定勝負，我們一起攻擊。」

「好。」

我們一左一右同時揮劍，惡魔與我們交錯而過。

「唔啊啊啊！」

惡魔身上出現十字斬痕，就此倒下。

「剛才那頭惡魔相當強悍啊，等級大概是35級左右吧？」

要是我沒有成為騎士經過一番鍛鍊，搞不好就危險了。

「噢噢噢！不愧是人類希望的雙翼！勇者露緹和騎士吉迪恩！」

因為惡魔突然出現而嚇得噤聲的大廳，瞬間爆出了喜悅的歡呼聲。

「你們沒事吧！」

當艾瑞斯開門衝進來的時候，我們已經被阿瓦隆尼亞的貴族們簇擁了起來，沒空搭理他。

露緹一臉嫌麻煩地敷衍起貴族們，我則苦笑著拚命幫她打圓場。

遠處的艾瑞斯似乎咂嘴一聲，但此刻的我並沒有閒工夫顧慮他的感受。

第四章 英雄齊聚佐爾丹

翌日——

媞瑟和憂憂先生又來到我店裡。

露緹已經把她們昨天泡澡時發生的事情告訴我了。

「謝謝你們。」

我第一件事就是對坐在對面的媞瑟和憂憂先生道謝。

「你不用這麼客氣，畢竟露緹大人也是我的朋友。」

「我就是在為這個道謝啊，謝謝妳願意跟露緹作朋友。」

露緹始終都是孤身一人。

「勇者」加護所賦予的技能也可以為周圍的人帶來堅定的勇氣。

但同時也會讓周圍的人感到恐懼，認為「勇者」是遙不可及的存在。

就連隊友也會和露緹劃清界線，所以有辦法一直陪在露緹身邊的只有我而已。

當我誤以為艾瑞斯那傢伙取代我的位置時，雖然想到露緹不再需要我就很難過，但她找到我之外能夠輕鬆交談的同伴也讓我很高興……不過，到頭來是誤會一場就是了。

現在露緹交到了媞瑟和憂憂先生這兩位可靠的朋友。

沒有比這個更令人開心的事了。

「本來的話，應該要由露緹大人親口告訴吉迪恩先生……我也叫你雷德先生吧，應該由她親口告訴雷德先生的，但現在這個情況恐怕很難。」

「我知道，不要緊的。」

我和莉特都有察覺到露緹的樣子不太對勁。

她從來沒有表情如此豐富地大笑大哭過。

最重要的是，在「勇者」衝動的影響之下，她不可能說得出要住在佐爾丹這種話。

「我相信兩位，所以先把目前掌握到的情報告訴你們。」

媞瑟簡潔地將自己的所見所聞講給我們聽。

得知佐爾丹發生的事件影響到遠在他方的露緹，我掩飾不住驚訝。佐爾丹可是跟對抗魔王軍的戰線八竿子打不著的邊境啊。

「沒想到那頭契約惡魔竟然和露緹接觸了。」

媞瑟也不清楚契約惡魔到底和露緹說了些什麼。

露緹抓住契約惡魔後，是獨自審問契約惡魔的。

「所以她就知道了惡魔加護的效果和調合配方嗎？」

「雷德，給埃德彌用的藥可以拿給露緹吃嗎？」

「不行，那個藥對露緹不管用。」

我給埃德彌服用的抑制加護衝動的藥，對加護來說是一種毒。

因此對擁有毒素完全抗性的露緹不會見效。

我之所以會去調查那種藥，也是希望能讓露緹從加護的重壓中獲得解放，哪怕只是暫時性的也好，但靠那個藥是行不通的。

「兩位覺得繼續服用惡魔加護來抑制勇者加護會發生什麼事？」

媞瑟一邊思索一邊問道。如果繼續服用的話……中毒患者痛苦的模樣在我的腦海裡和露緹重疊在了一起。

「我不清楚惡魔加護的作用是依據什麼樣的原理，但只要『勇者』的抗性還存在，應該就不會有問題。不過，惡魔加護理應會導致原生加護的等級降低。」

「意思是說，如果下降到沒有完全抗性的等級，就會出現中毒症狀嗎？」

「我認為這個可能性很高。」

關於惡魔加護的中毒症狀，我在紐曼那裡診斷過幾次這類的患者。

如果重度成癮且攝取過量的話，就會出現劇烈頭痛及心肺功能麻痺等症狀，只是會出現這些症狀的都是加護等級較低的患者。

惡魔加護和一般毒品相同，攝取過量會造成身體機能出現異常，但加護等級夠高的話，加護賦予的活力和恢復力會高於藥物對身體機能產生的影響。

由於惡魔加護會降低加護的等級讓情況變得比較複雜，不過下降的等級會轉移到巨斧惡魔的加護上，因此同樣能抵禦中毒症狀。除了成癮性和巨斧惡魔的加護過高所產生的殺戮衝動之外，以露緹來說應該不會有什麼問題。

「不，等一下。」

「怎麼了？」

見到我臉色一變，莉特不安地問道。

「雖然我沒有查過調合配方，但我記得材料應該需要惡魔的心臟。」

「那東西確實取之不易，只是對露緹來說不難吧？」

憑露緹的強度，襲擊魔王軍的營地拿到幾十顆惡魔的心臟都辦得到吧。

然而，這裡是佐爾丹，是與魔王軍的交戰前線相隔遙遠的邊境。

「露緹大人想做的藥聽說不需要惡魔的心臟。」

媞瑟補充了一句。這是怎麼回事？我記得「惡魔加護」這種藥不是藉由提高惡魔的加護來抑制原生加護的衝動嗎？

「如果少了惡魔這個關鍵，要如何抑制加護的衝動？」

這個問題讓我們三人都陷入了沉默。

我們分別是冒險者和殺手，對於藥物都有一定的了解。

雖然會做藥的只有我而已，但莉特和媞瑟對於用藥方面也都懂得比一般藥店還多。

若不學習這些知識的話，是沒辦法在戰鬥中活下來的。正因如此，我們才察覺到露緹所服用的藥存在著不可輕忽的矛盾之處。

「這是什麼意思？做出那種藥的可是惡魔啊。明明都不惜殺掉同族當材料了，怎麼可能會不需要用到？」

「的確有疑點。對不起，我應該更注意一點才對。」

媞瑟當下沒有注意到也不能怪她。

畢竟在來我家之前，她一直以為惡魔加護是討伐魔王不可或缺的必備品。

殊不知露緹是要利用惡魔加護來抑制勇者的加護衝動。

「……媞瑟妳是接下艾瑞斯的委託才跟勇者隊伍同行的殺手吧？這樣沒關係嗎？」

「與露緹大人同行就是委託的內容。」

媞瑟似乎對露緹可能放棄討伐魔王一事不抱任何意見。媞瑟的目標並不是討伐魔王，在她看來這或許不是什麼大問題。

不，比起這些，最重要的是這個叫做媞瑟的少女是比我想像中還要為露緹著想的朋友，感覺一不小心就會哭出來。但現在正在談話，因此我在心中再次默默向她道謝。

「我也覺得不該讓勇者獨自守護這個有成百上千萬人居住的世界。」

莉特這麼說道。我們認識莉特時，她也說過這句話。

正因為抱著這樣的想法，莉特才會排斥我們，想要靠自己的力量保護洛嘉維亞。

「不過，當時失敗了呢。」

莉特的表情很複雜。

最後依然是勇者露緹拯救了洛嘉維亞。如果沒有露緹的話，現在洛嘉維亞應該已被魔王軍占領，和許多都市一樣落入悲慘的命運吧。

「露緹大人要繼續對抗魔王也好，或者放棄也罷，這都要由她自己來選擇。」

「媞瑟……說得也是，在關心世界的命運之前，應該先了解露緹的想法才對。」

「是啊，勇者的隊伍是大家主動集結起來的。我和艾瑞斯都不是受王命所託，我是為了陪伴露緹應戰；艾瑞斯是為了光復沒落的名門；蒂奧德萊是想要貢獻自己的武藝拯救世界，還為此辭去聖堂騎士團武術指導的職位；達南是為了替被魔王軍燒毀的故鄉及道場報仇；亞蘭朵菈菈則是出於正義感而加入。我們每個人都不是受到命令驅使，而是自願參加的……除了受加護所迫的勇者露緹本人。」

我想起過去一同作戰的隊友臉龐。

除了他們之外，還有臨時加入的夥伴。有兩名「戰士」在領主的命令下與我們同行，以及王都聖方教會的一名「僧侶」以監視員的身分與我們同行。

然而，這些夥伴都沒有陪我們走到最後。

不論是何等權威人士所下達的命令，要光憑命令而持續和侵略大陸的魔王軍賭命抗戰是很難的一件事。更何況在這場戰役中有非常多機會可以得到玩樂一生的財寶。

「從這方面來看的話，我就不算是夥伴了。我是因為殺手公會的工作才參加的。」

「沒那回事。」

我立刻否定了媞瑟的話。

「如果妳只當是工作的話，現在人就不會在這裡了。妳不正是出於自己的意願，才在這裡和我們一起討論該如何拯救勇者的嗎？」

憂憂先生也倏然抬高了牠的手。

「也對，憂憂先生也不是受到我的命令才在這裡的。」

媞瑟對著憂憂先生微笑點頭。

「拯救勇者的方法……其實，我之前也尋找過。」

聽到我這麼說，莉特和媞瑟都斂起表情。我在旅途中一直在尋找抑制加護衝動的方法。給埃德彌服用的藥就是在那段過程中發現的方法，而艾爾對加護感到苦惱時，我給予的建議也是這麼來的。

然而，「勇者」的加護是以龐大的衝動來換取最強的力量。

過去潛入野妖精的部落時，我詢問過他們的長老。

當時長老所說的話，我至今記憶猶新。

『你想要抑制「勇者」加護的衝動？那唯有死路一條。』

據我所知，野妖精是整個阿瓦隆大陸上對加護最為了解的存在，卻連他們都想不到辦法來抑制「勇者」加護的衝動。

「我再去泡一壺茶。」

這是一個找不到出口的問題，只能大家一起多花時間互相交換意見了吧。

不過，雖然從前的我沒辦法解決這個問題；但現在還有莉特、媞瑟及憂憂先生在，我相信一定能找到拯救露緹的方法。

＊　　＊　　＊

「還是只能去找那個鍊金術師一問究竟了吧。」

我們討論了很久，最後只得出我們對惡魔加護了解得太少的結論。

「而且也不曉得戈德溫對惡魔加護有多了解就是了。」

但他應該是唯一一個直接從契約惡魔那裡得知惡魔加護的配方和效果的鍊金術師。在佐爾丹這裡，他恐怕是最了解惡魔加護的人了。

「請問……」

說到一半，媞瑟舉起了手。她看起來有些畏畏縮縮。

到底是怎麼了？

「露緹大人幫助戈德溫越獄的事情，你們不生氣嗎？」

「喔，什麼嘛，妳要問那件事喔？」

原來如此，畢竟我就是給人「那種印象」啊。

「首先，既然露緹好像都說出真心話了，那我也坦白告訴妳吧。」

「坦白？」

「我呢，並不會為了素未謀面也不知道名字的陌生人而豁出性命。」

「咦？可是你加入了勇者的隊伍……」

「我只是因為露緹是勇者才一起去的。如果是為了朋友和佐爾丹平民區，我當然義不容辭，但關係再遠一點的話，那就不值得我去拚命了。」

「真是太讓我意外了。我聽說巴哈姆特騎士團的副團長對抗過許多魔物，拯救了無數的人民。」

「那不過是我想在露緹啟程前儘量多提升等級，才會一直接下可能出現強悍魔物的任務。結果在不知不覺間，就升上副團長了。」

「原來是這樣啊……」

然而，這就是我的真心話。

否則我就不會跑到佐爾丹隱居，以慢生活為目標了。

「這次造成的損害只有幾名獄卒和囚犯受傷吧？雖然不是什麼好事啦，但我也沒必要因此責備露緹啊。」

見我說得如此雲淡風輕，媞瑟似乎打從心底感到意外。

「我也曾經是個會溜出城堡去當冒險者和保鏢的不良公主呢。」

莉特也泛起苦笑。

以她的情況來說，雖然她熱愛自己的故鄉，但並不認為一定要守法。

我們兩個都覺得露緹引起逃獄騷亂沒有什麼好斥責的。

「有機會的話，也請把你們的想法告訴露緹大人吧。她應該一直很怕雷德先生知道這件事。」

「好的。」

聽到媞瑟這麼說，我微笑著點頭答應。

看來露緹真的交了個好朋友。

「總之，我們得先問過戈德溫才能決定今後的方針。地點是我採藥草的那座山上的妖精遺跡嗎？」

「用來進入遺跡的系統已經被露緹大人給破壞掉了，必須往地下跳一百公尺左右才能抵達。」

「露緹還是一樣粗暴呢。」

這是為了防止其他入侵者出現吧。

露緹好像把升降機破壞掉了。我能用雜耍專精技能「平緩著地」來下去，莉特可以讓我抱著，或是靠精靈魔法來想辦法克服。看媞瑟沒有多說什麼，她應該也有自己的一套降落方法。

「看來大家都沒問題呢。」

「嗯。」

方針確定好了。露緹現在應該也在遺跡裡，這樣正好。

「那今天就不做生意了，動身前往遺跡吧。」

我立刻站了起來。

「啊，等一下。」

不過，莉特像是想起什麼似的揚聲叫住我。

「怎麼了？」

「今天不是貿易船進港的日子嗎？我們要不要去買一些能用來調查惡魔加護的鍊金工具？」

「戈德溫也提過這件事，說是工具不夠用。能在佐爾丹買到的東西我們都買了，但種類還是不夠齊全。」

「話雖如此，這裡可是貿易船的終點站耶，真的會有好東西剩下來嗎？」

佐爾丹是邊境。

從西邊駛來的貿易船會在佐爾丹轉一個U型彎，返回原本的貿易航線。

只不過在佐爾丹進行貿易沒什麼利益，所以目前為止到這裡來的都是不太耗費運航費用的小型船，不知道有沒有我們需要的工具。

「可是貿易船一個月只來那麼一、兩次，還是趁今天去看一下比較好吧？」

「這麼說也對。那我自己跑到遺跡比騎馬或走龍還快，所以港口那邊就由我去走一趟吧。」

「好，我把戈德溫需要的鍊金工具寫在紙條上。」

媞瑟從腰間的道具箱裡拿出紙條和銀幣袋。

她在紙條上寫下艾菲利亞過濾器等幾種昂貴的工具名稱。

如果由我出錢的話荷包會相當吃緊，這次就心懷感恩地借用媞瑟的銀幣袋吧。

「那麼，我們就去租走龍先出發了唷。」

「沒問題，我很快就會追上去。」

我們換上行裝後，走到店外在門口掛上了「本日臨時店休」的牌子。

＊　＊　＊

港區位於佐爾丹西側，與河川相連。

這塊地區如同其名擁有港口設備，雖說離河口很近，但也只不過是一條河，大型船開不進來。基本上都是小型帆船和吃水較淺的槳帆船在使用這個港口。

儘管如此，佐爾丹又是暴風雨的必經之地，夏季對這些船來說非常危險。這種環境條件也是佐爾丹會成為邊境的原因之一。

港口罕見地停靠著新來的三艘船。

「平時都只有一艘啊。」

會經常停靠在佐爾丹的船隻，只有逆流行駛到附近村莊進行貿易的河川航行專用划槳船和漁船，以及佐爾丹僅有的三艘可以載二十人的小型卡拉維爾軍用帆船。

現在各國都在使用新型的蓋倫帆船和堅固的大型槳帆船，這好歹是用來保衛首都的艦隊，卻只有三艘舊型號而且還是小型的卡拉維爾帆船，實在令人難以放心。雖然佐爾丹根本沒有開戰的對象就是了。

在這種情況下，很容易就分辨得出有沒有新的船隻靠岸。

現在除了經常停靠港區的貿易船之外，還有兩艘快速船；一艘是小型槳帆船，另一艘是中型史路普帆船。

史路普帆船吃水過深，可能是怕靠港會觸礁，它在河川中間拋下錨，使用小艇往返於港區。

「小型船是中央區的有錢人訂購了什麼貨品嗎？中型船不會是打算開到世界盡頭之壁再過去的東方吧？」

若真是如此，他們可能是來港口這邊賣掉珍奇貨物來賺點零用錢。或許不見得會有鍊金工具，但還是可以稍微期待一下。

我有點興奮地朝港口的市集走過去。

＊　＊　＊

「竟然晚了兩天啊，算了，也罷。」

「是、是的，非常抱歉。」

交付的貨物藉由包船以最快的速度送到了佐爾丹。

輕型槳帆船黃金之路號的船長布萊克忙不迭地彎腰道歉。

但他內心其實相當不屑。這個地方的冬天海上雖然不會刮起暴風雨，但風浪非常大以致不易掌舵。不過有時候又剛好沒風，所以連身為老水手的布萊克都無法拿捏船速。

（陸地的人跩什麼跩。）

不過他絲毫不露聲色。

他討好地笑得整張曬黑的臉龐都是皺褶，不斷點頭哈腰。儘管布萊克是個水手，身上的加護卻是「宮廷詩人」。

挑釁或安撫之類的交涉術是他的拿手絕活。然而，他無意對眼前的男人施展情緒操作型的技能。那名臉上掛著假笑的青年撫著下巴瀏覽起貨物清單。

「那就讓我驗貨吧。」

「好的。」

他身上散發的大概是強者的自信吧。

布萊克在理解到這個男人是強者的同時，又實在信不過他，便暗中戒備了起來。

「畢伊先生，我把貨都卸到船旁邊的倉庫裡了。」

名叫畢伊的男子左手拿著清單，右手摩娑著下巴。

就在此時，畢伊似乎突然注意到了什麼，神色頓時變得嚴肅。

「怎麼了？」

畢伊視線的前方是一個腰間佩戴銅劍、作冒險者打扮的男人。

在布萊克眼中，那只是一個隨處可見的普通冒險者。

「那傢伙我應付不來啊，可以的話我不想遇到他。」

畢伊聳了聳肩，微微壓低音量清點起送到的貨物。

（用來調查的工具都已經湊齊……就缺一個優秀的幫手了。）

他拿起最先進的調查器具，陷入了煩惱。

幾個小時後，從小船著陸的三名男女伸了個懶腰。

「這港口有夠寒酸的。」

賢者艾瑞斯環顧佐爾丹的港口後咒罵了一聲。

換作平時的話，這種想法他還能藏在心裡，但他現在沒有心情顧慮那麼多了。

他必須找到勇者露緹，並且在討伐魔王之際待在她身邊，否則他會漸漸搞不懂自己究竟是為了什麼而不惜滿身血汙還要持續這趟旅程到現在。這讓他感到很焦躁。

聽到艾瑞斯這麼說，蒂奧德萊微微攏眉。

不過，若是一一糾正艾瑞斯的措詞，今天恐怕連找到下榻處都有困難。

「不要緊嗎？」

「嗯。」

亞爾貝顫顫巍巍地走在蒂奧德萊的後面。

他在佐爾丹是越獄的囚犯，因此用繃帶把自己的臉藏了起來。

這個繃帶是魔法道具，纏住臉就能讓別人不會注意到自己。當然，這種程度的認知阻礙對艾瑞斯和蒂奧德萊這些勇者隊伍級別的人沒有任何影響，不過蒂奧德萊認為起碼可以瞞過邊境居民的眼睛。

「話說回來，看這設備，沒想到還滿熱鬧的嘛。」

「畢竟有貿易船停靠，可能有開市集吧。艾瑞斯先生船上的船員們好像也會在靠港期間買賣交易品。」

亞爾貝回道。

艾瑞斯花大錢租賃的希爾菲德號基本上只有載水和食物。不過，船員們會用自己的零用錢購買貴金屬和工藝品之類的昂貴小玩意兒，然後在停靠的港口轉賣出去。

話雖如此，那些東西在佐爾丹這個邊境城市大概也值不了多少錢。

「不用越過世界盡頭之壁真是太好了，希爾菲德號的船員們也不想開到那麼遠。」

說完，蒂奧德萊嘆了口氣。艾瑞斯租船時簽的合約並沒有地點限制，但沒想到要橫越最東邊的世界盡頭之壁到另一側去，實在是始料未及。

再往前走根本沒有什麼補給地點，只靠一艘快速船是很困難的事情。因此他們計畫到時候再多租幾艘船，率領船隊前進。

但隨著駛近佐爾丹，他們便發現勇者露緹並沒有跑到世界盡頭之壁的另一側，而是在佐爾丹。

「搭飛空艇的話，要到對面去倒是件易事，但走海路和陸路就沒那麼容易了。」

如果佐爾丹能和東方進行貿易，這裡就不會被稱為邊境了。

若想要和世界盡頭之壁另一側的東方進行貿易，目前只有兩條路可走；一條是名為王冠航線的北迴航線，另一條是名為龍道的山路。

不論哪一條都是相傳會造成一半以上死傷的險峻之路。

佐爾丹的港口小歸小，時不時還是能聽到很有海港氣氛的水手怒吼聲。

「都說了，是那個獨臂武鬥家把所有海盜給幹掉的啊！」

「騙鬼啊！一個人怎麼對付得了五艘海盜船？」

「他一拳下去船就被劈成兩半了啊！」

「啊哈哈哈！要吹牛也吹得真一點好嗎？你這個醉鬼！」

「你說什麼——！」

「載得了一百個人的海盜船怎麼可能被拳頭打碎啊！」

「就是被打碎了啊！」

貿易船那邊傳來激烈的吵架聲，艾瑞斯的眉頭皺得更緊了。

「趕緊去找旅館吧，我可不想待在這種不乾淨的街區。中央那邊應該會好一點，我去那裡找找看。」

「我要住在這附近，港口是情報的集中地。」

「隨妳便。都已經知道露緹的位置了，現在還搜集情報幹麼？」

艾瑞斯哼笑一聲，盛氣凌人地離開了。

「他平時並沒有這麼過分。」

蒂奧德萊一臉傷腦筋地對亞爾貝說道。

縱使艾瑞斯的個性絕對稱不上好，但也不會那麼暴躁。

「艾瑞斯一路旅行到現在，是為了復興不僅家門沒落，還失去土地、名譽和財產等一切所有的史洛亞公爵家族。」

亞爾貝搖了搖頭表示沒放在心上。

「要復興沒落的家門有那麼難嗎？」

「畢竟四代之前的家主發動叛亂，背後甚至還藏著鄰國覬覦領地的陰謀，那可是大逆不道之罪。他們意圖謀害國王並篡奪國家政權，而且還簽訂將國土賣給外國的契約。有一大半的族人被處死，後來是被送到其他家族留學的艾瑞斯曾祖父繼承了家門。」

「這真是……一段悲慘的過往啊。」

「你最好不要在艾瑞斯面前講這種話，那傢伙一直以來都無法接受自己要被這件事牽連受累。」

「我自然明白。」

亞爾貝點點頭。對於自尊心很強的艾瑞斯而言，那應該是他難以容忍的家族歷史，不該在他面前提起這件事。

亞爾貝將聽到的事情放進心底，帶著蒂奧德萊前往港區的旅館。

＊　＊　＊

時光稍微往前回溯。畢伊清點完貨物，要求船長將那些器具運到自己租賃的宅邸便回家了。

在那之後，雷德跑到貿易船附近的市集物色商品。

「噢，還真的有耶。」

我支付銀幣買了幾樣工具。

雖然不是全部都有，但還是成功買到幾樣我們需要的高精度測量器具和過濾器等施加了魔法的鍊金工具。

「光這些就要價1000佩利以上啊？」

換作還在騎士團或勇者隊伍的時候，這種價格根本不痛不癢；但對現在的我來說是相當大的一筆數目。

貿易船的商品當然不允許貸款或賒帳，只能一次付清。

我謹慎地包好買來的工具，起身準備跟上莉特她們。

「吉迪恩！」

就在這時，耳邊傳來宏亮的叫聲。那嗓音我很熟悉。儘管很熟悉，不過為什麼他會在這裡？

一道巨大的黑影躍過人們頭上，靈巧得令人難以想像那種巨大身軀會有這等身手。

巨漢「咚」的一聲擋在了我面前。

「真的是吉迪恩啊！裝備都變得這麼寒酸了！」

巨漢抓住我的肩膀，看起來並不曉得我的情況。

為什麼會在這種時候……

「達南，你先冷靜一點，這裡太引人注目了，我們還是換個地方吧。你我應該都有話要說。」

一段時間沒見，達南右臂的手肘以下竟消失了，而他對此毫不介懷地笑了笑。

「我好高興能跟你重逢啊，戰友！」

感覺各方面都會變得很麻煩。我壓根沒想到會在這種地方、這種時間點再見到他。

這恐怕是我失算了。

不過，看到達南笑得這麼開心，他似乎很高興能和我重逢，所以我也不好在這個時候潑他冷水。

「呃，嗯，是啊……我也滿開心的。」

儘管我暗自抱頭苦惱接下來該怎麼辦……卻又因為與達南重逢而發自內心地笑了。

＊　＊　＊

港區經常受到暴風雨侵襲。

河水氾濫導致地板下面浸水是每年的慣例，建築物崩塌也不是什麼稀奇的事情，港區居民早已放棄抵禦暴風雨。因此，這塊地區所發展起來的建築技術傾向於不耐用但蓋起來簡單快速就好，這樣就算被暴風雨吹垮也無所謂。

坐落在港區行人偏少之處的這間店，三年前也一度被暴風雨吹得半毀。這間店彷彿東拼西湊似的將舊牆和新牆拼接在一起，還能聽到縫隙傳出漏風聲。

老闆是一名駝背的老婆婆，總是用和藹的笑容接待客人。

「請用，這是白身魚燉湯。」

「謝謝。」

我從櫃檯接過兩份用大盤子盛裝、有魚塊漂在上面的魚湯，端到我們的餐桌上。現在並不是用餐時間，店裡只有我們這組客人。

「看起來真好吃耶！」

達南眼神燦亮地這麼說道。

「你哪次不是這麼說的？」

我看著達南笑了笑。每當他看見料理就一定會說出這句話。只要是正常的料理，他總會眼睛發亮地這麼說。

好久沒見識到這位夥伴的癖性，我不禁感到有些懷念。

「不不不，你離隊之後，我就沒什麼說『看起來真好吃耶』的機會了。旅途中的伙食難吃得跟屎一樣。」

「在餐桌上別提到屎啦。你們是輪流下廚嗎？」

「不是，艾瑞斯自己說要做，我們就交給他做了。」

「喔～那怪不得了。」

我從沒聽說過艾瑞斯會下廚。由於把我趕走的人是他，所以他才會試圖要接手我的工作吧。

這未免太胡來了。

「把工作交給一個做不來的人肯定會積存不滿啊。這種時候你們就該輪流換班，一起體會這個工作有多困難才對。如此一來，你們就可以互相討論該怎麼做才好，也能弄清楚誰最適合這個工作。」

「但我們的專長都是戰鬥啊。」

達南搔搔頭。

「而且這都要怪你擅自跑掉。」

達南放在頭上的手臂一晃，下個瞬間他的手指就貼近到我的額頭旁邊。

我扭動脖子，千鈞一髮之際躲掉了達南的一記爆栗。

「看來你的身手還沒退化嘛。」

達南收回手臂，露出了賊笑。

開什麼玩笑，之前被他的爆栗彈一下就痛了三天。

我今天是運氣好才躲掉，其實達南的動作比以前凌厲了不少。這次只是鬧著玩而已，萬一他認真起來的話，那後果光是想像都覺得害怕。

「在這個世界上，能躲開我爆栗的人可是屈指可數呢。」

「是啊，我確實感受到力量差距了。達南你真的很強。」

雖然很久之前就被反超，不過達南現在的實力已經把我遠遠甩在後頭了。

因為我在邊境佐爾丹悠閒度日的這段期間，他則是在對抗魔王軍的前線一路出生入死過來。

我唯一可取之處是等級比別人高，要是連等級都被甩開，那我根本毫無贏面。

「……我倒不這麼認為喔。吉迪恩，你是個值得欽佩的男人。」

聽到我這麼說，達南略顯落寞地回道。

我和他絲毫不在意禮儀，彼此都喝湯喝得咂咂作響。

魚肉只用鹽進行簡單的調味，除了魚肉塊之外，湯裡還有切得很大塊的馬鈴薯和包心菜等蔬菜。

這道料理並沒有多精緻，但是很好吃。如果料理技能很低的話，直接運用食材原本的味道即可，這道美味的料理就是依據這樣的原則。

經營這間店的老婆婆聽說從前是為水手們唱歌的歌手。從歌手退休之後，她換了個完全不同的職業成為酒館的老闆娘，明明技能不相符，但憑藉努力與天生的笑容讓這間店持續營業了好幾年。

「所以，你為什麼要離開？」

達南低聲吐出了這句話。

「……艾瑞斯應該有告訴你們吧？我是逃走的。」

由於怕給騎士團添麻煩，我拜託艾瑞斯配合我的說法；但根據媞瑟所說，艾瑞斯一遭到追問就很乾脆地承認我是逃走的。達南理所當然也知道才對。

「是因為艾瑞斯趕你出去嗎？」

「這也是一部分原因啦……不過更重要的是，我自己也很清楚這一點。和土之戴思蒙德一戰讓我深深體認到這個事實，我已經跟不上你們的步調了。」

「你錯了！」

達南砰地拍了一下桌子。湯汁被震飛起來，灑了一些在桌上。

「你離開後，我才終於體會到了。吉迪恩，其實你很強，不只是單純的實力，還有即便遇上強敵也能冷靜作出判斷的膽識，以及沒有武技和魔法也能在戰場上採取有效行動的知識。你是一個真正強大的男人，我們的旅行少不了你。」

達南的眼神很真誠。然而……我心意已決，而且也不能一直待在這裡和他爭辯。

「抱歉，我已經在這裡找到自己的歸宿了，不能和你們一起走。」

「不正是為了保護那個歸宿才必須打倒魔王嗎！」

「是啊。」

達南直白地拋出了這個問題。

亞爾貝那句話閃過了我的腦海。

『擁有力量的人就有行使那股力量的義務。』

我不參戰是罪過嗎？如果與生俱來的加護如此期望，我們就有義務挺身應戰嗎？

沒錯，我一直看著露緹的身影思考這個問題。

年幼的露緹生來就被強加上拯救世界的義務。要是露緹說不想戰鬥的話，人民、加護，甚至是世界都不會容許她這麼做吧。

「勇者」所寄宿的對象，難道非得把自己的人生奉獻給「勇者」不可嗎？

才不是！

我們不該活在加護的支配下。我們有自己的夢想、願望以及人生！

我和露緹理所當然有掌握自己人生的自由。

唯有這一點我敢向神如此斷言。

我們互瞪一會兒後，達南先移開了視線。

「……呼，嗯，這樣啊，你是出於自身意志才放棄旅行的啊。」

「就算起因是艾瑞斯，決定放棄旅行的也是我自己。」

我們沉默了片刻。

彼此的眼神蘊含複雜的情緒交錯著。

「雖然搞不懂，但總之我知道了。我這陣子就見識一下你在這個佐爾丹都做了些什麼吧，之後再決定要怎麼做。」

「可以是可以……但還有一個問題。」

「什麼問題？」

「露緹也來了。」

「啥？」

達南驚得定在原地。

「為何勇者大人會……」

「……聽了之後，你可能會生露緹的氣就是了。」

「我？生勇者大人的氣？這怎麼可能？」

該不該把事情真相告訴達南呢？怕麻煩的話，我是可以蒙騙過去，不讓他觸及露緹的問題。

「不過達南，我打算把我知道的一切都告訴你。關於露緹她在想什麼，又是什麼讓她感到痛苦。因為你是露緹的夥伴。」

「勇者大人感到痛苦？」

為什麼我一個人離隊就造成勇者的隊友們分崩離析？一開始得知這件事時，我實在是一頭霧水。

我以往做的都是不需要技能的雜務，說白了只要肯努力誰都辦得到。

我離開後他們的確會很辛苦，但那些工作只要「夥伴們一起分擔」，就絕對不是什麼辦不到的難題。然而，實際上只有艾瑞斯自己攬下全部的工作，而且還搞砸了。隊友們漸漸心生怨懟，導致隊伍四分五裂。

原因在於艾瑞斯嗎？

的確算是。如果艾瑞斯肯承認自己辦不到而向大家求助的話，或許就不會把局面搞得這麼難看了。

然而，問題不僅如此。縱使艾瑞斯是主動攬下工作的，但既然知道他處理不來，那去幫忙他就好了。

這其中可能有部分原因是他們不信任把我趕走的艾瑞斯。亞蘭朵莁莁和達南會離隊就是因為不信任他。

「真正的夥伴啊……」

雖然這是艾瑞斯說的話，但諷刺的是，這大概就是導致隊伍瓦解的原因。

「我可是把你當作真正的夥伴喔。」

達南這麼回我。我很高興聽到他這麼說，儘管高興……但並不是這樣。

我把露緹的事情告訴達南，包含她因為受到「勇者」加護的擺布而一直很痛苦，還有以完全抗性為代價，失去了許多人性。

另外就是，她服用惡魔加護來抑制加護的衝動……可能會放棄勇者的身分這件事。

明明在一起這麼久，夥伴們卻無法理解露緹的苦惱。

露緹是負責帶隊的「勇者」，這是加護決定好的。只要遵從加護分配的職責，隊伍的運作就會很順利。這應該就是艾瑞斯指的「真正的夥伴」吧。

但實際上則不然，因為我們都不是加護的奴隸。

「加護所帶來的苦惱？我想都沒想過耶。」

聽完我一席話，達南深受震撼。

「我和『武鬥家』的加護很合得來。鍛鍊身體很開心，和強敵戰鬥也會感到興奮，看著自己慢慢變強更是讓我高興得不得了。為了追求這些事情，不管什麼樣的苦我都可以承受……我就是這樣的一個人。」

「是啊。」

「……搞不懂啊，真不明白。」

達南屬於壓根感受不到加護衝動所帶來的苦惱的那一類人。我還沒有見過像達南這樣如此被自己的加護所愛的人。

證據就在於，「武鬥家」絕對稱不上高階加護，但他卻比擁有「十字軍」和「賢者」這種高階加護的隊友還要強。

「搞不懂，但我現在知道自己什麼都搞不懂了！所以我能做的只有戰鬥而已！」

「你還真是頭腦簡單四肢發達耶。」

「如果勇者是出於某種目的在行動，我就會為了她而戰！萬一勇者大人想要放棄勇者身分的話，那就到時候再說吧！」

哎，真是的。達南真的就是達南啊。

「既然決定了，那就沒工夫在這裡瞎耗了！走吧，吉迪恩，勇者大人遇到困難的話，幫助她正是我們的職責所在啊！」

「慢著、慢著，我這邊的事情說完了，該輪到你了吧？」

「邊走邊說不就好了？反正我這邊的事情也沒什麼大不了的啦！」

失去右手應該算是相當嚴重的大事吧？

達南的臉上顯而易見地流露出坐不住的心情。

「知道了啦。」

好久沒看到這樣的達南了。這個討人喜歡的肌肉笨蛋，無論何時總是不假思索就行動。不管身處何種情況之中，這個男人都不會因為煩惱而止步不前。達南的這種單純之處，有時會讓我感到無比欣羨。

＊　＊　＊

開門後，雷德和達南吵吵鬧鬧地離開了這間店。

「不追上去嗎？」

在距離達南他們的座位遠一些的位置，一名臉上纏著繃帶的男子……亞爾貝這麼問道。揹著長槍的蒂奧德萊沒有回應他，只是一直盯著自己放在桌上的手。蒂奧德萊也是一名立於人類巔峰的法術師，只要她認真施展隱藏氣息的魔法，即便是達南和雷德這個組合也難以察覺到沒有敵意的蒂奧德萊等人。

（勇者大人要放棄討伐魔王？）

蒂奧德萊沒辦法像達南那樣把問題想得很簡單。她連亞爾貝正不安地看著自己都沒發現，逕自苦思著該如何是好。

在情感上，她希望能夠幫助露緹和吉迪恩。如果露緹感到痛苦的話，她當然想出力幫忙！

蒂奧德萊從未像今天這樣痛恨自己不能和達南一樣單純。

尾聲 賢者的抉擇

艾瑞斯卸下身上的裝備，搖搖晃晃地撲倒在床上。

「呼。」

本來的話，他現在應該馬上去追露緹，但由於沒日沒夜地連續施展魔法的緣故，消耗掉他太多體力。

（雖然不曉得阻撓我夢想的邪惡陰謀是什麼，但我確實勝券在握了。）

證據就是他成功實現在茫茫人海中找到勇者的奇蹟。

艾瑞斯勾起嘴角笑了笑。

敲門聲響起。

「誰啊？」

艾瑞斯一臉嫌麻煩地坐起身。

「我在問你是誰。我要休息了。」

「是我。」

艾瑞斯對這個嗓音有印象。但是，這個嗓音的主人不可能出現在這裡才對。

他警戒地站起來，空著右手以便隨時能使用魔法，緩緩靠近房門。

「你找錯房間了吧？」

艾瑞斯假裝沒認出他。

「不，我就是來找住在這裡的賢者艾瑞斯。我是達南。」

艾瑞斯慢慢打開房門。

一個渾身厚實肌肉的巨漢站在他眼前。

「好久不見啦。」

男人「雙手」抱著裝有水果蜜餞的袋子，朝他嘻嘻一笑。

「來，這個橘子蜜餞可是很好吃的喔。」

「…………」

走進房間後，達南把袋子裡的東西遞給艾瑞斯。

「我看你很累的樣子，這種時候就是要吃水果蜜餞。」

艾瑞斯用右手結印。他發動檢測毒素的魔法，確認袋子裡的東西都是無毒的。

「你還真是小心謹慎啊。」

達南泛起苦笑，但看起來並不介意。

艾瑞斯拿出一顆沾滿糖的橘子，扔進了嘴裡。

「哼。」

他確切感受到身體疲勞時確實很適合吃甜食。

但出於對達南的反感，他依然一臉不開心的模樣。

見狀，達南露出苦笑。

「看來很合你胃口。」

「達南，為什麼你會在這裡？」

「我嗎？當然是來找吉迪恩的啊，我掌握到消息說吉迪恩在這裡。我倒想問，艾瑞斯你怎麼會來這種邊境啊？而且就你自己一人，勇者大人在其他旅館嗎？」

「你說吉迪恩在這裡？」

「對啊，他好像開了一間藥店吧。」

難道這一切是吉迪恩搞的鬼？艾瑞斯腦海中一瞬間浮現這樣的想法。

他立刻感到荒謬而否定了這個想法。吉迪恩那種無能的加護並沒有謀劃這種陰謀的能力。

但就情感上而言，他又懷疑是吉迪恩在阻撓自己，憎恨的情緒在他內心不斷滋生。

看見他這個模樣，達南瞇起了眼睛。

「所以，勇者大人在哪裡？」

「……她不在這裡。」

「什麼意思？」

「我沒必要跟你解釋。」

「可是啊，吉迪恩也在這裡啊。必須把這件事告訴勇者大人才行吧？」

艾瑞斯的嘴巴神經質似的抽搐著。

達南用手抵著下巴，「嗯……」地沉吟起來。

「我說啊，你就老實告訴我發生了什麼事，我和你又不是敵人。我可以視情況決定要不要把吉迪恩的事情告訴勇者大人。」

「……你為什麼突然這樣講？」

「我們的目的是打倒魔王，並不是讓勇者大人和吉迪恩重逢。更何況，吉迪恩打算定居在這裡，已經沒有討伐魔王的打算了。話說，你還記得洛嘉維亞的莉茲蕾特嗎？那個公主也和他一起住在這個城市裡喔。」

「哈！吉迪恩果然就是這種傢伙。我還在不斷奮戰，他卻逃來這裡逍遙自在地過著平穩的生活，竟然還想和王族結婚！真是個卑鄙小人！」

艾瑞斯歇斯底里地吼出這番話。

達南不禁傻住了。明明把人家趕走的是他自己，還敢講這種顛倒是非的話。也罷，正因為如此，我才會選擇來接觸這傢伙——偽裝成達南的阿修羅背地裡如此偷笑著。

「總之呢，就算勇者大人留在這裡試圖把吉迪恩帶回來也只是浪費時間而已。我可不願意枯等換來一場空啊。因此，我不想看見勇者大人為了說服吉迪恩而造成隊伍沒辦法繼續前進。」

「原來如此……你這次倒是很明事理。」

「我向來有話直說，所以冷靜思考時說的話和一時衝動說的話不能一概而論。」

「哼，是很符合你的作風。」

艾瑞斯輕蔑地笑了。達南果然不如他，這男人連自己的情緒都掌控不住……他暗自萌生出一股優越感。

「哎，反正就是這麼一回事。那勇者大人為什麼會來這裡？她該不會也曉得吉迪恩的所在地吧？」

「……………」

「怎麼了？」

艾瑞斯一副有口難言的模樣。

（不會是這傢伙搞砸了什麼吧？一看就知道他不願意把自己的丟臉事講出來啊。）

但隱瞞也無濟於事，真是個蠢貨。達南對他感到無言，決定換個問法。

「總之，我們要趕緊討論出一個定案。吉迪恩，在這裡好像是用雷德這個假名吧，他在佐爾丹也算是小有名氣。」

「哼，在這種落後的地方，連那種廢物也能裝成英雄啊？」

事實上，雷德之所以會出名，是因為他和英雄莉特同居，只不過達南不想一一糾正這種細節。

「不管怎樣，勇者大人很有可能發現雷德和吉迪恩是同一個人。如果你們來佐爾丹有事要辦，應當趁早解決。我比你們先來到佐爾丹，多少更了解一點這裡的情況，需要幫忙儘管說。」

達南……化成達南外表的錫桑丹如此提議。

他的目的是找到木妖精在滅亡前封印的「某個東西」並帶回去。

之所以會冒著風險來找艾瑞斯，就是想弄清楚他們來此有何目的。若是和他要找的「某個東西」無關的話，他也可以幫個忙讓他們早日離開佐爾丹。

錫桑丹害怕的事情有三件。

其一，是惡魔加護可能會被勇者用來強化戰力，尤其是被人類發現製作上不需要用到惡魔的心臟。不過，由於這種藥具有否定加護的性質，顯然引起聖方教會的反彈，而且遭到削弱的原生加護還是會存在，應該不至於演變成古代妖精時代的那種事態。

其二，是錫桑丹在尋找的「某個東西」落入勇者之手。萬一成真可就是一大失策了，連飛空艇被搶走都顯得只是小事。

然而，他最害怕的是第三件事，那就是惡魔加護讓「勇者」不再是「勇者」。這個時代的人類並不了解加護的本質，要達到曾經現世的「真正魔王」那種境界是無稽之談，但如果事態真的演變至此，錫桑丹哪怕是付出包含性命在內的一切，也要在這裡除掉「勇者」。

儘管錫桑丹是身為核心的將軍，但他格外擅長在敵方陣地進行潛伏和諜報工作，這方面的能力備受讚賞。

這次會被委以重任也是出於這個緣故。

「……對了！」

艾瑞斯絲毫沒有察覺到錫桑丹的這些心思，如此叫了一聲。

「露緹是從那頭惡魔的話中察覺到吉迪恩和雷德是同一個人，才會開走飛空艇來到這裡的！」

（唔，先不論這傢伙的猜測準不準確，勇者竟然丟下夥伴跑到佐爾丹啊？看來是和我的任務無關了。）

「達南！吉迪恩的店在哪裡！」

「我是知道在哪裡，不過你打算做什麼？」

「露緹目前不在佐爾丹，而是遠方的深山裡。我要趁現在去找吉迪恩，命令他從露緹眼前消失。」

「命令？」

「那傢伙離開隊伍後就只是個普通老百姓而已，當然要服從我的命令不是嗎？」

「誰曉得，我倒覺得他不會乖乖聽話。」

「我就算動武也要讓他服從命令！他在哪？把他那間店的位置告訴我！」

（因為被勇者拋下，這傢伙已經焦躁到這種地步了嗎？根據在洛嘉維亞打聽到的消息，這傢伙好像是為了復興家門吧？那肯定是不會離開勇者隊伍的……之後搞不好能派上用場。）

錫桑丹的嘴角扭曲上揚。要是雷德在場的話，光是看到這張表情就會發現他不是達南了吧。

「好吧，我帶你去。」

而換作是平時的艾瑞斯，應該也會注意到與吉迪恩交好的達南在聽到剛才那番話之後，不可能老實給他帶路。然而——

「咯、咯咯！該死的吉迪恩，你到底要阻撓我到何時才肯罷休……」

艾瑞斯臉上浮現彷彿在抽搐一般的笑容，握緊的手爆出了青筋。

他整個腦袋都因為阻撓自己的吉迪恩而充滿了憎恨。

後記

非常感謝各位閱讀本書的讀者！我是作者ざっぽん。

多虧大家的支持，終於出到第三集了。三本並列在一起後，光是望著書櫃就很容易發現它們的存在呢。

我忍不住回頭望著身後的書櫃竊笑了起來。

有一件事要向大家報告。

漫畫版《因為不是真正的夥伴而被逐出勇者隊伍，流落到邊境展開慢活人生》的單行本第一集現正發售中！

漫畫版非常棒，可以看到莉特時而歡笑、時而生氣、時而臉紅羞澀的模樣，表情變化多端真的很可愛，希望大家都能去看看漫畫版！

漫畫版單行本也有收錄我的短篇小說。不同於以冬季為舞臺的第三集小說，是描述雷德與莉特在夏天剛重逢時的故事。我盡力在小說中呈現漫畫版莉特的豐富表情，如果喜歡雷德與莉特的感情描寫的話，一定會覺得很有趣。

那麼，稍微聊聊本集的內容吧。這次的舞臺是冬季的佐爾丹。

我很喜歡描寫四季，感覺春夏秋冬每個季節都可以寫出一篇又一篇關於雷德和莉特兩人慢生活的故事。封面上兩人身體互相依偎眺望雪景的劇情我寫得格外開心。

露緹在這時候出現了。

從第一集就深陷苦惱的勇者露緹，終於來到了佐爾丹。不知是出於偶然還是命運，勇者一行人懷著各自的盤算紛紛來到被逐出隊伍的雷德所居住的佐爾丹。

雷德對世界而言只不過是個配角，妹妹露緹則是位居世界中心的主角。

但是對露緹而言，雷德是無可取代的兄長，並不是什麼配角……當世界所要求的職責與自身追求的生存之道無法達成一致時，該如何在這個世界生存下去，就是這部作品的核心主題。

那麼，第三集能夠順利送到大家的手中，當然少不了各方面的助力。請允許我借用這邊的篇幅致上謝意。

從過去至今收到的每一張插畫都非常出色，第三集的封面更是深深擊中我的心。西沉的夕陽餘暉與紛飛的潔白雪花，面露出疼惜表情的雷德與因為寒意和幸福感而雙頰飛紅的莉特，多麼令人折服……！やすも老師，真是太感謝您了！

設計人員絲毫沒有破壞這幅封面的美感，把我這冗長的標題完美排進封面裡。很不好意思每次都這麼麻煩您，但非常謝謝您的幫忙！

校對人員仔細且嚴謹地校對了依然每一頁都布滿需要校正之處的原稿。這次也承蒙您的照顧了，非常感謝！

印刷廠及裝訂廠的各位工作人員，雖然寫這篇後記時還沒有實際做成書，但作者之所以能夠體會到自己的小說出版成書的幸福，都是多虧了各位的協助，非常感謝大家！

再來是宮川責編，不僅建議我多多深入描寫兩人賞雪的情景，也在進度安排以及與各界合作等諸多事宜上付出非常多心血，致力讓本集出版成書送到各位讀者的手上。對於您一直以來的照顧我充滿了感激，非常謝謝您！

最後，閱讀這本書的讀者、從第一集開始追的讀者、從漫畫版過來的讀者，還有從網路連載就一直支持我的讀者，沒有各位就不會有這本書存在，真的非常感謝大家！

那麼，我們相約第四集再見吧！

２０１８年　寫於尚未降雪的城市中　ざっぽん

大家好，我是やすも。
這次有很多張插畫的作畫難度較高，
但我還是畫得非常開心！

英雄們集結於邊境之地・人類最強的賢者與命運的兄妹終於正面交鋒!?

因為不是真正的夥伴而被逐出勇者隊伍，流落到邊境展開慢活人生4

近期預定發售！

異世界悠閒農家 1~5 待續

Kadokawa Fantastic Novels

作者：內藤騎之介　插畫：やすも

天空之城突然對大樹村宣戰！
火樂與大樹村發生重大危機！

大樹村上空突然出現一座飛天城堡——「太陽城」，一名背上帶有蝙蝠翅膀的男子占領村子，並向火樂等人宣戰。火樂一如往常使用「萬能農具」解決了危機；然而，真正的危機現在才要開始！為了壓制「太陽城」，大樹村召集精銳，開始發動總攻擊！

各 **NT$280~300/HK$90~100**

刮掉鬍子的我與撿到的女高中生 1~3 待續

Kadokawa Fantastic Novels

作者：しめさば　插畫：ぶーた

上班族 × JK，話題延燒的同居戀愛喜劇，
日本系列銷售累計35萬冊！

蹺家JK沙優和上班族吉田，已經完全習慣身邊有彼此作伴。這時，吉田高中時期的女友——神田學姊調動到他這間公司來。面對「曾和吉田交往過的對象」這個意想不到的人物，沙優的內心掀起了一陣漣漪，緊接著還有陌生的高級轎車出現在她的打工地點——

各 **NT$220~250/HK$73~83**

本田小狼與我 1~4 待續

Kadokawa Fantastic Novels

作者：トネ•コーケン　插畫：博

小熊與他人的聯繫因Cub而牽起
被機車改變的人生將重新定位它的意義

畢業腳步逐漸逼近的高三冬天。小熊無視為跨年活動雀躍不已的世界，打算獨自迎接寒假來臨。這時，出現一位有意延攬小熊的機車快遞公司社長浮谷，於是開始新的打工。小熊原本一無所有，也沒有朋友和興趣，然而Cub卻為她帶來了人與人之間的聯繫。

各 NT$200/HK$65~67

奇諾の旅 I～XXII 待續

Kadokawa Fantastic Novels

作者：時雨沢惠一　插畫：黑星紅白

空無一人的國家卻有大批白骨在巨蛋裡!?
銷售高達820萬本的輕小說界不朽名作！

奇諾與漢密斯在沒有任何人的市區中行駛，接著他們在國家的南方發現了一座巨蛋。在昏暗的巨蛋中，有一片廣大且平坦的石地板，而在那地板上隨意散落的，則是各式各樣的白骨。陰暗中，骨頭簡直就像是散落且鑲嵌於四處的寶石一般發著光⋯⋯

各 **NT$180~260/HK$50~78**

打倒女神勇者的下流手段 1~5 待續

Kadokawa Fantastic Novels

作者：笹木さくま　插畫：遠坂あさぎ

下流參謀想出更加卑鄙的計謀打倒女神！
異世界勇者攻略記，勝負分曉！

真一等人由於魔王急中生智，得以從女神手裡逃生抵達魔界，尋找有助於反擊的線索。眾人翻遍古代文獻也找不到女神的存在，於是為了從太古龍——亞莉安的父親口中問出女神的真相，真一抓準機會使出妙計。下流參謀的策略能對強大的女神產生效用嗎？

各 **NT$200~220/HK$67~75**